21世纪
年度最佳
外国小说
2016

*Eigentlich müssten
wir tanzen*

本来我们应该跳舞

〔德〕海因茨·海勒 著
顾牧 译

人民文学出版社

著作权合同登记号　图字01-2016-8889
Heinz Helle
Eigentlich müssten wir tanzen
© Suhrkamp Verlag Berlin 2015
Simplified chinese translation copyright
© People's Literature Publishing House Beijing 2017

图书在版编目(CIP)数据

本来我们应该跳舞/(德)海因茨·海勒著;顾牧译.—北京:人民文学出版社,2017
(21世纪年度最佳外国小说)
ISBN 978-7-02-012348-3

Ⅰ.①本… Ⅱ.①海…②顾… Ⅲ.①长篇小说—德国—现代 Ⅳ.①I516.45

中国版本图书馆CIP数据核字(2017)第025350号

责任编辑	欧阳韬
装帧设计	李思安
责任校对	杨益民
责任印制	苏文强

出版发行	人民文学出版社
社　　址	北京市朝内大街166号
邮政编码	100705
网　　址	http://www.rw-cn.com
印　　刷	三河市鑫金马印刷有限公司
经　　销	全国新华书店等
字　　数	80千字
开　　本	880毫米×1230毫米　1/32
印　　张	4　插页1
印　　数	1—5000
版　　次	2017年3月北京第1版
印　　次	2017年3月第1次印刷
书　　号	978-7-02-012348-3
定　　价	20.00元

如有印装质量问题,请与本社图书销售中心调换。电话:010-65233595

出版说明

评选并出版"21世纪年度最佳外国小说",是一项新创的国际文学作品评选活动和出版活动。在世界文学格局中,由中国文学研究机构和文学出版机构为外国当代作家作品评奖、颁奖,并将一年一度进行下去,这是一个首创。

"21世纪年度最佳外国小说"评选活动由人民文学出版社和中国外国文学学会及各语种文学研究会(学会)联合举办,人民文学出版社主办。评选委员会由分评选委员会和总评选委员会构成。各语种文学研究会(学会)遴选专家,组成分评选委员会,负责语种对象国作品的初评工作;再由人民文学出版社、中国外国文学学会及上述各语种文学研究会(学会)委派专家组成总评委会,负责终评工作。每一年度入选作品不得超过八部。入选作品的作者将获得总评委会颁发的证书、奖杯,作品由人民文学出版社组成丛书出版,丛书名即为:"21世纪年度最佳外国小说"。

总评委会认为,入选"21世纪年度最佳外国小说"的作品应当是:世界各国每一年度首次出版的长篇小说,具有深厚的社会、历史、文化内涵,有益于人类的进步,能够体现突出的艺术特色和独特的美学追求,并在一定范围内已经产生较大的影响。

总评委会希望这项活动能够产生这样的意义，即：以中国学者的文学立场和美学视角，对当代外国小说作品进行评价和选择，体现世界文学研究中中国学者的态度，并以科学、谨严和积极进取的精神推进优秀外国小说的译介出版工作，为中外文化的交流做出贡献。

自2002年第一届评选揭晓到2015年，"21世纪年度最佳外国小说"评选活动已成功举办14届，共有24个国家的86部优秀作品获奖，其中，2006年度、2003年度法国获奖作家勒克莱齐奥和莫迪亚诺先后荣获了2008年、2014年诺贝尔文学奖，足见这一奖项的权威性和前瞻性，也使"21世纪年度最佳外国小说"成为一个名副其实的重要文学奖项。

自2008年开始，这套书不再以外文原版书出版时间标示年度，而改为以评选时间标示年度。

自2014年起，韬奋基金会参与本评选活动，在"21世纪年度最佳外国小说"评选基础上，设立"邹韬奋年度外国小说奖"，每年奖励一部作品。

我们感谢韬奋基金会的鼎力支持。我们相信，"21世纪年度最佳外国小说"的评选及其出版将结出更加丰硕的成果。

人民文学出版社
"21世纪年度最佳外国小说"评选委员会

"21世纪年度最佳外国小说"评选委员会

总评选委员会

主　任

聂震宁　陈众议

委　员

（以姓氏笔画为序）

叶廷芳　刘文飞　陆建德　陈众议

吴岳添　肖丽媛　金　莉　高　兴

徐少军　聂震宁　程朝翔　管士光

秘书长

欧阳韬　陈　旻

德语文学评选委员会

主　任

叶廷芳

委　员

（以姓氏笔画为序）

王　建　叶廷芳　任国强　李永平　韩瑞祥

《本来我们应该跳舞》是一部结构独特的末世小说。它以与众不同的风格表现了五个生活在现代文明中的年轻人面对突如其来的毁灭性的灾难的感知过程。小说六十九个看似几乎毫无关联的章节断片在冷静而富有诗意的叙述中自然而然地汇聚成了一个令人震撼的求生画面,凸显出了一个人类可能面临的刻骨铭心的生存问题;绝望与冷酷、现实与回忆、时间与空间在这里相互交织,给读者留下了一个充满张力的想象空间。

"21世纪年度最佳外国小说"评选委员会

Eigentlich müssten wir tanzen ist ein eigenartig strukturierter Endzeitroman. Er stellt in einem ungewöhnlichen Stil den Wahrnehmungsprozeß von fünf jungen Menschen, die in der bestehenden Zivilisation leben und sich plötzlich mit einer unerwarteten und vernichtenden Katastrophe konfrontieren, dar. Seine 69 scheinbar fast zusammenhanglose Fragmente als Kapitel verschmelzen im gelassenen wie poetischen Erzählen selbstverständlich zu einem erschütternden Bild des Kampfs ums Überleben und hebt eine einbrennende Daseinsfrage, der die Menschheit möglich bevorsteht, hervor; Verzweiflung und Grausamkeit, Gegenwart und Erinnerung, Raum und Zeit sind hier miteinander verzahnt und hinterlassen dem Leser ein großes Spannungsfeld.

Jury für den besten fremdsprachigen
Jahresroman des 21. Jahrhunderts

译者前言

"我们紧贴在一起站着,背靠着背靠着身侧靠着肚子。夜里,我们慢慢地轮转,每个人都可以到中间去待一会儿,每个人都得不断地换到边上……我们紧贴在一起站着,几乎就像从前,在地铁里,在下班的晚高峰时。"

五个三十多岁的成年男子,循着多年的习惯,暂时离开自己熟悉的生活,离开家庭和工作,一起去山里的小屋共度周末。但是周末结束后,他们却突然发现自己无法再回到那个曾经熟悉的世界中去。离开小屋的他们看到的是一个被彻底摧毁的世界:废墟、焦土、尸体,被劫掠一空的超市,没有一丝生命痕迹的村庄。站在被摧毁的现代文明之上,人仿佛突然被打回前文明时代,面临着赤裸裸的生存问题,他们能够依靠的除了彼此,就只剩自己。

这是一部充斥着死亡与末世味道的作品,作者海因茨·海勒选择的题材在近年来的文学作品中并不鲜见,但《本来我们应该跳舞》这部作品从风格上却显得非常与众不同。整部作品并没有连贯的情节,全书由六十九个短小的章节组成,各个章节之间没有紧密的联系,并且打乱了时间顺序,对过去和现在的描述穿插出现。作者语言凝练、精确,既没有煽情,也没有评价,自始至终保持着一种冷静的旁观者的口吻,仿佛用白描的手法为读者勾勒出六十九幅碎片式的图画。我们能够看到的只是突然面对被毁灭的文明世界的五个男人如何出自求生的本能,不断在废墟和焦土中穿行,其中穿插着叙述者对他们之前生活的回忆。读者也仿佛随着书中人物的脚步穿行在这些图画组成的长廊中,同时因为存在于画面外的大量空白而浮想联翩。作品中自始至终都没有提及毁灭世界的是什么力量,但也因此制造出一种特别的张力,从而引起读者的不断思考。

1978年出生于德国慕尼黑市的海因茨·海勒仿佛德国当代文坛上的一匹黑马。他的小说处女作《让人心安的煤油爆炸声》一经出版,即引来好评如潮,被媒体称为"非常成功的、完美无瑕的作品"(《时代周刊》)。海因茨·海勒也被认为是"德国当代文坛上近年来出现的最有意思的作家之一"(克里斯托弗·施罗德,德国著名书评人)。

《本来我们应该跳舞》是海勒的第二部小说,这部作品同样受到了媒体的诸多赞誉,并入选2015年德国图书奖长名单。《新德意志报》认为"海勒用与众不同的方式强迫他的读者思索一个极端的问题:我的存在意义究竟何在?"《新苏黎世报》认为海勒"将极端的绝望和冰冷的残忍用和谐、诗意的语言描绘出来,让令人不安的内容仿佛柔软的小雨飘落在人身上"。正如书中的一个段落所描述的:"像这种雨,等人回过味儿来的时候全身就已经湿透了:突然停下来,往自己身上看看,然后又看看天,难以置信地摇摇头。"这部作品带给读者的正是这样一种独特的阅读感受。碎片式的结构,冷静客观的描述,开放式的结局,所有这些都使作品最终被深深印刻在阅读者的脑海中,引人深思、回味。

顾　牧
2016年10月,北京

献给克里斯

我站在海边,对着激流涌浪喋喋不休,背后,是欧洲的废墟。
　　　　　　　　　　　　　　——海纳·米勒*

我所做的一切都是为了去天国。
　　　　　　　　　　　　　　——西多**

---

* 海纳·米勒(1929—1995),德国戏剧家。
** 西多(1980—),原名保尔·维尔第希,德国饶舌歌手。

1

晚上，如果天太冷不能躺，我们就站着。我们紧贴在一起站着，背靠着背靠着身侧靠着肚子。夜里，我们慢慢地轮转，每个人都可以到中间去待一会儿，每个人都得不断地换到边上。太阳升起时，我们从彼此的头顶，或是从彼此的脸侧望出去，我们用眼角的余光，清楚地看见别人也看着别的地方，各看各的，看着远在天边的空空荡荡或者应有尽有，随便看向哪儿，只要不看彼此的眼睛，因为那会让人感到痛苦，更痛苦，跟看见太阳不一样。太阳升起时，多半被云遮蔽着，我们继续从彼此的脸侧望出去，因为寒冷减弱、光线增强而欣喜，我们紧贴在一起站着，几乎就像从前，在地铁里，在下班的晚高峰时。

2

今天我们碰到一个女人。她躺在枝条下面，应该不是为了取暖，那枝条潮湿腐烂。尽管如此我们还是看到了她。我们是偶然发现她的，我们中的一个在灌木丛那儿撒尿，她就躺在旁边,那丛灌木稀稀落落,外形古怪,只有下面的三分之一有枝条和叶子,还有头发和手。刚撒完尿的那个敞着裤子站在那儿,默默地看着她。我们凑过来,因为我们从后面看到他看到了什么。等我们呈扇形围在他背后,他跪下去摸了摸她的头发,她没有喊,没有抽泣,没有抽搐,她甚至连眼睛都没有闭一下。她静静地看着前方,却又并没有看自己的眼前是什么,她全神贯注看着的是一个我们够不到的地方。她的衣服,或者说她残留的衣服破破烂烂,到处都是洞,让开了通向她身体上那些洞的通道。她的呼吸急促起来。我们看见她白皙小巧的双手,放在我们当中第一个人的肩上,他在她的上面。我们看见手指,先是奇怪地张开,过了一会儿又深深抠进她上面那个男人遮体的布里。我们看见她歪向一侧的头,她的眼睛现在还是闭上了,然后,我们听到了她的声音,就一个声音,重复又重复又重复,所有这些都让我们不由想到了那句话:你也想要的。

轮到我的时候,她连胳膊都不抬了,我全靠在心里想着她的手才能完事。心里想着她抠在我前面那三个人肩膀上的手,我加快了动作,闭上眼睛。我想着她抠进破烂衣服里的手指,手指们想要的就是这个,它们就想紧紧地抓住,抓住那些衣服,然后我就完事儿了。

接下来是德吕加斯基,但他很不满意地中途停了下来。她现在连动也不动了。我们继续上路之前,福斯特又朝她弯下腰去,温柔地问她要不要一起走。她没有反应。他不知所措地站在落叶堆里的那个一动不动的身体旁边,然后在自己的上衣兜里翻了一会儿,找出一块面包,掰下一角,放在她的肚子上。他的手从那块面包上回到裤兜里的时候,冲她头的方向抖动了一下,也许是想再摸摸她的脸颊,或者头发。

3

第二天,天更暗了,下起雨来。雨悄无声息地越下越密,仿佛并不是雨滴落在我们身上、黑色的沥青上、脚下嘎吱作响的碎石子上,而是细细的、不间断的线,就像从成千上万没有关紧的水龙头里流出来的一样。像这种雨,等人回过味儿来的时候全身就已经湿透了:突然停下来,往自己身上看看,然后又看看天,难以置信地摇摇头。

我们离开马路。我们穿过休耕地,爬过一些连绵舒缓的山丘,还有田野和一些看不出用途的空地。我们前面出现一座巨大的平顶建筑。我们朝那儿走过去。用的时间比我们想象的长,那距离比我们想象的远,建筑也比我们想象的大很多很多。外墙高超过十米,上面隔一段就能看到锈迹斑斑的推拉铁门和嵌在墙里的碎玻璃片。这儿有烟囱,以前可能是个工厂。我们沿着这个没有任何装饰、四棱四角的正方形寻找进去的路。这时雨更大了,雨点拍打在厂房屋顶上的声音听着像敲锣一样,很清脆,声音越来越大,越来越连贯,后来,整个厂房齐声咏唱出一个高亢的调。

我们找到一个门框,上面没有门。我们走进去,一个接一个,奇怪,房顶上的雨声在房子里面几乎听不见。我们走进一个空荡荡的大厅,到处都是碎玻璃,落寞的小火炉,陈年油渍的味儿,某些东西留下的痕迹已经深深渗进水泥中,还有装配用的地槽,这些都告诉我们,这里曾经制造过汽车或者农用机械。除了那些污渍,除了地板、侧面的墙、被雨敲打着的房顶,这里什么都没有。我们离开车间,继续穿行在稠密的雨幕中,回到树林里。

4

伴着最后一丝日光,我们来到一个村庄,这里也是一样的景象:所有的窗户都堵着,所有的门都锁着,我们一个人也没有碰到,也没有任何迹象表明村民们可能在什么地方。我们从一扇被敲碎的玻璃门钻进一家超市,在空的或者半空的货架中间游荡。地上到处散落着撕开的包装盒,打碎的玻璃瓶,坑坑洼洼的铝盒,踩瘪了的纸箱,飘荡在这一切之上的是配套的恶臭,超市曾经拥有过的所有那些东西的气味:袋装方便汤,薯片,巧克力,猫粮,管道净,速冻意式千层面,止汗剂,啤酒,正在腐烂的肉。我们找到了一货板瓶装水,还有几根封在塑料袋里的蒜香法棍。带着这些食品,我们躲进了这栋惨遭蹂躏过的建筑中最温暖、最安全的房间里:已经解冻了的冷库。我们吃,我们喝,我们沉默。这是那种好的沉默,意思是瞧瞧,还是可以的,我们会有办法的,不管怎样我们都能找到解决办法的。我们很享受那些冰冷的蒜香法棍,硬邦邦的黄油味道真不错。我们使劲嚼,这样才能品到其中强烈的滋味,经历了过去几天的折腾,这些油脂简直就像上天的恩赐。在确定不会有人把我们反锁在冷库里后,我们把好多层纸箱叠在一起,中间塞上揉成团的塑料薄膜,搭成一张铺。我们一个挨一个躺下,然后又弄了更多的纸箱盖在身上,头枕在揉成团的塑料膜上,装着矿泉水的瓶子放在手能够得着的地方。呼吸声听上去不只是疲惫。它听上去还很平静。

5

几周之前,我们坐在汽车里。高速公路上没有车,车外,灰绿色的阿尔卑斯山前地带覆盖在一层薄薄的白霜之下,行车道的边上是过去几周留下的碎石子和脏东西,它们就像来自另外一个时代,广播里正在放一首歌,据说这首歌没有人知道,之前也从没有人听过,但现在我们已经在吼着副歌部分:

穿越黑夜,气喘吁吁,直到新的一天苏醒

我们飞上伊尔申贝格,没错我们开的是车,但上伊尔申贝格就得飞一般的速度,我们下山的时候从来不飞,去程与回程有天壤之别。我们速度很快,斜坡上的高转速转出了勇气和果决的声音,我们右边是痛哭流涕的大卡车,它们在爬,向高处挣扎,真可怜,这些跟司机融为一体的动物,这一群温顺的动物,在一周的工作日里每天被赶上山又赶下山,自从我们坐进车里,它们在我们眼里就显得那么遥远,任人摆布又没有威胁,就像死亡。

我们是五个人。德吕加斯基、格鲁伯、福斯特、高尔达还有我,我们带了鸡蛋,还有牛奶、啤酒、肉馅、面条、巧克力酱,面包我们打算在山下村里的面包房买,所以就没带。我们把城市抛在身后,我们一起长大的城郊,那些高速公路立交,那些卖地毯、家具、家居建材的商店,那些工业区,工业区里的公司有安全闸门和保安,它们都有一个复杂的英文名字,都在搞计算机的什么东西。前面坐两个,后面坐三个,我们挤在狭小的空间里,后排的三个想十指相扣都没问题,但那样就搞成同性恋了,并且,虽然我们能够感到共同向前移动带来的兴奋,但同时也能感到我们之间存在的距离,像以前那样纵情是不可能了,只是每年都花更多钱而已。说起来,我们也慢慢过了干某些事的年龄,如今要想从一个像模像样的宿醉中恢复过来,怎么也得差不多三天。

在伊尔申贝格山顶,一个黄色的M出现在视野中,我们中的一个大喊"麦旋风",另一个大笑起来,开车的人只是疲惫地笑了笑,继续向前,从这家美国快餐店门口飞驰而过。如果学过纸牌游戏"羊头"的话,那我们还没到学会玩的年龄就已经把这家的菜单倒背如流了。接着,我们驶下陡峭的山坡,因塔尔山谷在前挡风外面铺展开来,深绿色的山谷,空旷而沉默,只有雾气中若隐若现的阿尔卑斯山的山坡,被六条闪烁着红光和白光的人类文明笔直地切割开来。雨刷器吱吱嘎嘎地响着。

6

第二天早晨,我们离开村子,跟着快速路沿着山谷走。这条路带我们绕过下一座山,穿过下一个山谷,从下一座山旁经过。我们跟着路走。我们看见写着地名的牌子,那些地方估计已经没人了。我们从那儿走过之后,就已经把它们忘记了。我们看见电线杆,杆子之间已经没有了电线,冷冷清清的加油站、超市、度假屋、空房间,不时会有烧毁了的汽车。

我们来到一个湖边。看不见对岸,岸的这边全是烧焦的帆船,破碎的家具和瓶子,空包装盒还有衣服。已经鼓胀的尸体。我们以为扔进水里的东西都会消失不见，但却只看见柔软的波浪融进低垂的乌云中。看了一会儿，我们没了兴趣，于是朝湖岸边的村落转过身去，也许是为了雾散时会出现在眼前的美景。我们朝着疗养地的林荫大道走去，穿过砾石路，从垃圾旁跑过，来到街上，走上一家酒店门前的台阶。我们横穿过一个露台，露台上是东倒西歪的遮阳伞、桌子和椅子。我们穿过朝两边大敞开的玻璃门，走进已经被扫荡一空的餐厅。在脏兮兮的厨房里一堆小山似的碗盘下面，我们找到了满满一瓶炼乳。油腻的液体在我们的喉咙里留下一层薄膜，滋味如何无所谓，我们假想着它能饱腹。

村子后面有一片平顶建筑，看牌子，那里曾经号称是工业区，我们在那里看到一个冷冷清清的保龄球馆。我们走下台阶，自己也不知道为什么，但是走下去了。些许灰蒙蒙的光透过采光井落在球道上，没有电，球瓶不见了，挂在上面，可能，我们看不见那些球瓶。犹豫了几分钟后，我们的目光落在带着三个洞的大球上，它们躺在球道旁，灰头土脸，兴趣索然，但一切又仿佛都很正常。于是我们拎起球，把它们一个接一个顺着空荡荡的球道重重砸进黑暗中。我们听见它们滚动，然后伴着一声闷响撞在什么东西上，在那个已经不复存在的目标物之后的某个我们够不着的、垫着软垫的地方。

7

没走多久，笼罩着灰色光线、穿行在光秃秃的树干之间的柏油路上就全是裂纹了。路面被树根顶起，又被沉重的林业机械压平。再走几分钟，路面就已经支离破碎，成了碎石路，碎石越来越少,马路变成了土路,土路又变成小路,小路变成地面。我不知道是不是只有马路在慢慢消失,还有所有的一切,我们是不是也可以把这看作一种解脱,除了几根树干,再看不到对行走方向的任何限制,那些树干潮湿黢黑,依照某种节奏从雾中冒出,然后又消失在我们身后。我们躲开那些树干。这不难,也很必要,除此之外,我们就没有什么需要决定的了,也不需要商量朝什么方向走。几个小时后,我们的右前方出现了一个本不属于这里的东西,它既不是黑的,也不是竖着插在地上,或是横躺在地上,或是斜倚在这个被称作森林的世界里的其他垂直的、黑乎乎的木头上。它扭曲成一团,就像被人随手丢在那儿的,它跟前的树干碎得很奇怪,按说那些碎裂后露出的茬口不会跟潮湿柔软的树皮一样是黑色的,茬口的尖也不会是钝的。那东西圆形的躯体已经挤瘪了,拖着一条细长的尾巴,尾巴尖上有个翅膀或者旗帜样的东西,这东西是黄色的,比我们这几个星期以来见过的任何东西都黄。我们看见变形的螺旋桨翼,扭曲着耷拉在侧面,像断了的胳膊和腿。我们看见已经干了的血渍,飞行员的身体半挂在驾驶舱外面。我们看见四分五裂的驾驶舱玻璃,尾翼上一个蓝色的正方形上有一圈星。然后,我们又看到了那四个大大的黑色字母,后面,在机身的侧面。我们难以想象这些人是真实存在过的,而且就在不久之前,他们还盘旋在空中,监视着巴伐利亚和蒂罗尔地区高速公路的路况。

我们先在机身残骸里寻找能用得上的东西,然后在死人身上找,我们找到一个绷带盒,一个工具箱,还有一个国际无线电呼号手册,但呼叫设备是固定的,而且已经坏了,我们中也没有人内行到能把它拆下来修好,于是我们把手册留下,走了。一个小时后就没有人愿意再拎着那个沉重的工具箱,于是我们把它留在森林里,两个小时后把绷带盒也留下了,我们跌跌撞撞地继续穿行在自己热气腾腾的呼吸中,穿行在小雨里,想着那两个死人身上穿的飞行员棉服,他们的靴子、背心,想着所有的一切都湿漉漉的,因为血和雨,我们从失事地点带出来的东西现在只剩从工具箱里拿出的一个榔头,这个榔头现在我拿着。

8

几个星期前我还在空中。我总共第八百九十六次做着规定得非常清楚的、一共包括五十八个步骤的工作程序里的第五十七步,其中的五百次是在接受培训的时候完成的,这五百次里的四百五十次在模拟器上,五十次实际操作,所谓的实际操作,是在亚利桑那州沙漠里的某个地方,我跟德国一家大航空公司的两个教官一起驾驶一架空载的波音737,一口气练习了五天的起飞,每天十次,绕个圈,降落,再起飞,绕个圈,降落,再起飞,如此往复。

我飞的是毛里求斯直飞法兰克福的航线,所以有十一个小时多一点的时间可以用来提醒自己,从我明白职业是什么东西开始,这就一直是我想要的职业。我是飞行员。飞机满员。机上共两百二十九人。关于他们我只知道两件事:他们跟我一起从毛里求斯起飞,他们想跟我一起在法兰克福降落。我一反往常的做法,设想了一下从敞开的驾驶舱门向后望去的景象,在起飞之前,头等舱的帘子还没有拉上的时候。我看见一些脑袋,那些头在座位套头的白色罩布上遮住了不同大小的区域。我看见头发。各种颜色的头发：金色、黑色、白色、灰白、红色或者绿色或者蓝色，飞机谁都能坐，只要有机票，并能出示护照。我看见耳朵，大的、小的，有毛的，圆的，皱皱巴巴的，奇形怪状的，招风的和非常普通的。我看见眼睛，有棕色的、绿色的、黑色的、蓝色的，而且一定不会都朝前面我这个方向看，而是看着窗外，看着放在面前的报纸，或者呆呆地盯着遵照起飞规定收起的小桌板。我看不见他们的衣服，但我知道他们穿着衣服，人能想象出的各种颜色和式样，各种价位，各种风格和材质：牛仔，西装，运动短裤，紧身背心，粘纤内裤，棉质短袜，长筒丝袜，皮鞋，胶底运动鞋，勃肯牌凉鞋。我喝了一口咖啡，试着想象了一下两百二十九颗心脏。我能感到自己的心脏在跳动。

看了一眼仪表盘后，我完成了工作程序里的第五十八个步骤：飞行员开启自动驾驶系统，我们已经到达了飞行高度。

9

我们站在一个人工鱼塘前，水看上去绿中带蓝，很不自然。岸边茂密的芦苇丛中能看到农用器械被人推进鱼塘后留下的印迹。一台拖拉机，一台联合收割机，一辆牲口运输车，上面装着牛或者猪或者羊，透过粗粗的栏杆能看到水面下腿和头的样子，或者至少是一些躯体，一些我们不知道是什么的东西，但我觉得是：牲口，毕竟这是一辆牲口运输车。一声"啪"钻进寂静中，非常轻，但很明确，我用眼角的余光看到了掉进水里的东西，然后我听见德吕加斯基的声音，你疯了吗，他喊道，但格鲁伯只是耸了耸肩。

我们其他几个人都把手伸进裤兜里。那个熟悉的，装了或者没装谷歌浏览器的塑料壳子安安稳稳地躺在手里，那种知道它在的感觉，那上百个号码、姓名、地址和日程、个性化的响铃、照片、视频。装在我们兜里的是一种生活模式，即便我们再也不能回到那个生活中去，能够有个摸得着而且能掏出来看看的念想也能让人感到心安。屏幕是黑的。格鲁伯看上去很严肃，他面无表情地从兜里把充电器也掏出来，低头看看，插头垂在下面。他伸出另一只手来帮忙，他的两只眼睛中间出现了一条小小的、垂直的皱纹，他不是生气，是全神贯注。随后，他的手猛地朝前一挥，充电器划出一道弧线，我觉得它就像一架正在坠落的直升机，裹着橡胶皮的线绕着充电器的插头和变压器划着大圈，一起落在不过几秒钟前手机沉下去的地方。格鲁伯看上去心满意足，他微微弓着腰，双手插在上衣兜里，下巴朝前伸着，耷拉着肩膀。就像一个希望能再长高一点，但又不是要马上就长高的人。水面上，安装了语音识别软件和聊天软件之类东西的三星智能手机消失的地方均匀地泛起一圈圈的同心圆。

10

我们走在落叶上。我们走在小石头上。我们走在光秃秃的沥青路面上，碎玻璃上，橡胶碎片上，走在铁皮、皮革、布和塑料上。我们走在油上，走在水上。在斜阳中，沥青上的水看着就像沥青一样。我们是五个不一样的躯体，有不一样的腿、胳膊、大脑，但又因为共同行进在这条马路、这片草地、这片森林盘根错节的地面上而彼此间有了联系。这是一种稳定的物理关系,我们就像同一个原子里的电子一样,因为自转和引力被牢牢地黏合在一起,我们朝着同一个方向行进。

通常都是高尔达走在前面。没错,那个以前在跟别人意见一致时总爱说没错的高尔达,长着大鼻头,已经不再留着寸头的高尔达。他挪动着高大笨重的身躯走在空荡荡的A12高速公路上时,就像他以前从排在P1前面的长龙旁开过时一样,很自然地走在左边的车道上。只有当指示牌上偶尔出现熟悉的地名时,比如沃尔格、圣约翰、约赫贝格,他才仿佛会猛地一抖,不过他的步频不会有任何改变,就像之前一样继续走着,但这样的熟人,我们就是从背后也能读出他的感觉,一个小小的动作,朝天空看一眼,叹一口气,随便一个很不显眼又普通的动作,我们就能明白:他也不知道我们走的路是不是对,当然不知道。

库夫施泰因,高尔达说。

护栏外面冷杉树之间的距离大得奇怪。这种树一般都会长成密密的一堵绿色的墙。我们继续走。行车线之间的距离真宽。柏油路面真粗糙。

11

茅顶屋在一个陡峭的山坡上,地方偏,房子旧,是一个十八世纪的农庄,后来加了浴室,但房间还是以前的样子,取暖也还用木柴。雪沉沉地压在倾斜的屋顶和阳面的露台上。长长的露台插进斜坡和对面那座山峰之间。我们拐过最后一个大弯,气喘吁吁地朝房子走去。我们是走路来的,或者用山里的说法,我们是爬上来的,虽然路并不陡。我们走的是一条被厚厚的积雪覆盖着的盘山路,穿过森林,走过草场,车在这个地方只有夏天能开。我们想着自己可能会喝很多酒,大喝一场,绝对的,男人在一起就是这样,所以提前运动一下也没什么坏处。我们在房子旁边一个四面漏风的棚子里找到了钥匙,棚子里塞满了工具、柴火、旧滑雪板和冰刃已经生了锈的冰鞋。柴火摞得一直挨到了房顶,紧挨着墙,已经砍好,干燥、陈旧,就等着灰飞烟灭。我们跺掉靴子和裤子上的雪,走进房子里,一边哎哟着一边把装着食物的盒子卸在走廊里,装啤酒的双肩包放在离储藏室的热水器比较近的地方,省得啤酒结成冰。我们静静地站着,裹着厚厚的外套、围巾还有帽子,围着陈旧的炉子站成一个半圆形,等待着。我们不冷。因为爬了山,所以一开始我们没发觉屋子里有多冷,格鲁伯马上开始生火,房间里慢慢热起来,但是我们汗津津的身体冷得很快。真他妈冷,有个人说。格鲁伯朝炉子里吹着气,并往那片正方形的光里又添了一根柴。等火终于着起来,他合上炉门,走进储藏室,接通电源。有了灯光,房间马上显得暖和了些。靴子、上衣、帽子和围巾都留在走廊上,我们四下里散开,套着厚袜子的脚奔上滑溜溜的木头楼梯,背着大双肩包的男人们磕磕绊绊,抓牢把手,互相推搡,骂骂咧咧,大呼小叫,分好了床铺,他和他不要跟他一起等等。之后,我们坐在笨重的橡木桌旁,面前放着啤酒,一言不发。窗外除了一片好脾气的、乏味的浅灰色,什么也没有。要是大雪纷飞没准不错,我心想,许许多多对大自然如何仇视生命的细小回忆连成一堵墙一般,让人想到在一个比较安全的地方,人与人之间能够多么亲近。

12

涡状星云。穹顶看上去简直完美无缺,并不像涡状星云,更像一架UFO。但是这个大家伙,这个圆形的屋顶,旁边那些低矮的附属建筑,停车场和停车场旁边的小吃摊,这一堆东西以前曾经叫"涡状星云",这一点显而易见:巨大字母的残躯从房顶上伸向四周,远远的就能看见。字母已经烧焦了,但从印刷的角度看依然完好。我们不知道为什么要上那里去,因为很显然,那里面就算有东西,也只会是些让人看了不舒服的东西。但不管这个俱乐部多土、多大,位置多么偏僻,它依然保留着一种奇特的吸引力,而且我们也知道那吸引力不是来自烈酒、功能饮料、啤酒、香烟、汗水和香水这些味道组成的奇特混合物,因为这里只有一股焦煳味。奇怪的是,那味道尽管跟平常的焦煳味不一样,但一闻就知道有东西烧焦了。我们从来没有闻过类似的味道,但马上就知道这里着过火。四边的墙完好无损,这种大型的迪厅自然是不会有窗户的,所以我们也没法从外面看到里面的情况。我们老老实实地排好队,一个跟着一个。当然,我们是犹豫了一下才出发的,旁边那些曾经用来挂隔离绳的黄铜桩子,后面的建筑围栏,沉重的大铁门上齐眼睛高度的小观察窗,所有这些都让人觉得必须要先等待,等到被人放进去,等到一个我们不认识并且也看不见的人决定说,你现在可以进入门槛另一边的那个世界了。红地毯黑乎乎的,门从外面闩着,两个门扇上的拉手里插着一把吧台椅,扭曲成怪异的形状,拉手摇摇欲坠,仿佛已经多次被什么沉重的东西,或者被很多沉重的东西撞过。我感到身后那几个人在推我,这一刻,能不能进得去就全看我了。门打不开。我的眼睛扫过建筑物前那片荒凉的广场,广场空旷得不真实,明亮得不真实,安静得不真实。我想象着这个圆屋顶下曾经能够容纳的那两千余人,水晶般透明的昂贵扩音器里传出硬邦邦的、单调的打击乐,乡下年轻人克制的狂放舞蹈,跟隔壁城市之间的距离被完美的技术手段抵消了,他们的低音炮,他们的舞蹈,他们的做爱。我想象着农家女儿美丽的躯体,她们每个人都将继承一座出产有机农产品的农庄,庄子旁加盖了给丈夫孩子住的地方。对她们来说,眼前的幸福就是摇头丸、宝马车,是坐在后座上不系安全带。我想象着她们的白脸在旋转着的、被绞碎的灯光下一颤一颤,还有她们被装饰品洞穿的嘴唇和眉毛,还有同样被洞穿的舌头、乳头和肚脐眼,在短暂的一瞬间,我觉得会看到什么让自己在下一秒就觉得不可思议的东西,想都想不出来的东西。通过门上那个小小的透视窗,借着残破的穹顶上投射下来的微弱光线,我还是看到了:好几百个焦黑的躯体。

你看到了什么?

什么也没有。咱们走吧。

13

晚上,我们挤着坐在一起,没有生火,我们没有纸了,而且今天也不是太冷,再说我们对生火也不是特别起劲。

还记得咱们在少年活动中心偷灭火器的事吗,格鲁伯问。

我们当时喝了掺橙汁的戈尔巴乔夫牌伏特加,在停车场,然后嗓门就大了起来,嘻嘻哈哈,情绪亢奋,但是一看到铁塔般的守门人,还有身形更为巨大的当地的摩托党,我们马上收声敛气,又矮了回去。

我们装出一副乖宝宝的样子,一声不吭,一直到他们检查完我们,收了钱,盖了章。我们跟那些妆化得惊天地泣鬼神的乡下姑娘排成一队,站在围栏外面。那些姑娘穿着能够突显身材的衣服,头发高高盘起,眼睛上圈着浓重的眼线。守门人穿着棒球夹克,戴着耳麦,福尔斯蒂宁格镇的罗特胡博路在我们眼中简直就像洛杉矶的日落大道,"尤茨"相当于"蝮蛇夜店",当年是。然后我们就进去了。我们冲向吧台,立马又点了一杯掺橙汁的伏特加,只有福斯特没要,他要喝可乐,他正在吃抗生素。之后我们就没钱了,于是就端着剩下的半杯酒进到舞池里,站在那儿,却不敢跳舞,我们前面是那些姑娘,后面是灭火器。福斯特把德吕加斯基碰得撞到灭火器上之后,我们才看到那玩意儿。德吕加斯基没摔疼,因为灭火器上搭着我们的外套。为了好玩,也为了向我们证明他不但强壮,而且点子很多,他把灭火器举了起来,上面依然搭着我们的外套。他用外套裹住灭火器,弯下腰,双手像抱小孩一样抱着那东西,然后大叫着我要吐了。他要吐了!小心!让开!姑娘们不跳了,就像摩西面前的红海一样朝左右分开,然后是守门的人,他们分开挡在我们面前那条排队的长龙,非常郑重并且严肃,非常专业地将我们疏散到空地上。一个要呕吐的人抱着一堆外套,身边还跟着四个人,已经出去很远了,我们还在继续喊着他要吐了,然后,我们跑向停车场,笑那些蠢猪一样的守门人,跑着,笑着,把灭火器砸向柏油马路,一遍又一遍,使出全身力气,从越来越高的地方砸下去,最后,格鲁伯爬到一个放垃圾桶的小棚子上面,我们把那个沉甸甸的红色钢瓶递上去,他把瓶子举过头顶,就像摩西举起十诫,然后,那东西在地上摔碎了,声音出人意料的小,停车场光滑的地面上连一颗卵石都没有碎。我们从藏身的地方走出来,围着那个几乎没留下什么刮痕的灭火器,对自己勇气的赞叹和对泡沫的期待突然都减退了。

你们还记得吗?
是的。

14

第二天,我们在一个被炸过的加油站找纸。因为汽油燃烧造成的极端高温,一些碎纸片并没有烧着,而是在浓烟上方很高的地方飘荡飞舞,一直到火灭了,它们才又落下来。

那种冷冻切片还是挺不可思议的,德吕加斯基说,二十五微米,你知道一个老鼠的肿瘤能切出多少片吗?

我找到一张纸片,然后试着解开在我腰带上打了个结的塑料袋。用一只手根本解不开,于是我把纸片噙在嘴里,并朝德吕加斯基使个眼色。

真是荒唐,那些人躺在肿瘤医院里,等着我这样的人找到正确的混合比例。他们就那么躺着,等着,想着也不知道先结束的会是我的标本,还是他们的生命。

如果等不及了,那他们的医院就换一家实验室,我这样说。

是的,当然没错,他说着,用脚把一具烧焦的尸体翻了个个儿,想看看钱包还在不在。破破烂烂的皮夹里有一张残留的五欧元纸币。好吧,耐火纸。

15

穿越灌木丛的时候,我们互相帮对方把树枝推到一边。我们小心翼翼地把手伸进尖锐的、硬邦邦的枝条中,直到碰见可以抓的地方,然后合拢手指,动作要慢,这样如果碰到尖刺,手指也能来得及躲。等握住了枝条,就把它从眼前推开,这时其他人就绕个半圆形避开枝条的根基,一直走到有路的地方。握着枝条的人一直等到其他人都过去了,这才松手,枝条猛地弹回,去抽那个刚才抓着它的人,但我们已经不在原地了。

16

在昏暗中,我们看到一个孩子,他坐在路边稍远的地方。那实际算不上什么路,只是一条小径而已。孩子坐得直直的,脸冲着一个烧焦了的帐篷,没什么特别的表情,也不理会周围。他手里拿着一根焦煳的树枝,有节奏地敲着那个帐篷。我们停下脚步。那个小小的躯体的形状和处境竟没有在我们心里引起一点点想要保护他的欲望,也没有感动或者温暖。我们看着那个孩子,看着他后脑勺上稀疏的头发,短短的脖子,短短的、柔软的四肢,还有他做那些毫无意义的事情时的无比严肃和专注。他用烧焦的木头敲击尼龙帐篷的模样简直就像是在做科学实验。这个孩子看上去还是营养很好的样子,如果天气不会突然又变冷的话,肯定还能再活一个星期,没准他妈妈只是去打水什么的。我们没有打扰那个孩子。等我们又开始走的时候,孩子转过来看着我们。我害怕他会哭,因为我不知道怎样才能让他停止哭泣。但孩子只是打量着我们,一个一个看过去,面无表情。他把头又朝那个已经烧毁坍塌的帐篷转回去,拿烧焦的木棍去敲:啪,啪,啪。我们继续走。过了一会儿,我们看到了他的父母亲,他们躺在灌木丛中,脑袋已经被敲碎了。

17

格鲁伯在做俯卧撑,一,二,然后他就停了下来。

累了吧,德吕加斯基说,格鲁伯不解地看着他,就好像他说的是今天又是因为地球引力,或者咱们也年轻过,或者唉,岁月不饶人。

岁月不饶人。我不知道这一切怎么会发生,我不清楚这是怎么在发生,发生的是什么,是什么物理过程造成的这种倾覆,这种摇摆和坍塌,从马上到现在,然后再然后再然后。

高尔达接着说:咱们得朝北走。我心想,咱们去那儿做什么。我们看到的只有云和树。一时间,我们只听见自己的呼吸,还有从树枝上落下的潮湿的雪。

高尔达出发了,他自信地踩在满是树根和冰糊的泥泞地面上,我们在犹豫,他的脚步迈得似乎有些太快,太果决,并不能让我们很信服,他甚至都没有抬头看一眼天空,或许他只是想拖延时间,拖到天空放晴,或者拖到天黑,而且他也没有盯着我们的眼睛看很久,他并没打算说服我们,他只是想说服自己,为了说服自己,他就得现在出发。我们当然跟着他。听到我们的脚步声在他身后响起,他的步子没那么僵硬了,紧张的肩膀放松了,后来,他转回头。

来吧。

他深陷的脸颊和干裂的嘴唇上挂着一个浅浅的微笑。他很高兴我们跟上来。我也很高兴。

我们来到一个铁路道口,拦道木横着,我们下意识地停了下来。德吕加斯基从高卢烟红色的盒子里摸出最后一根香烟点着。他把粗壮的大手放在红白相间的钢栏杆上。没有了汽车,没有了得从很远的地方就看到拦道木的汽车司机,这拦道木就显得有些过分鲜艳。我们慢慢地走到他身边。他抽烟,我们站着,铁轨在雨水中闪闪发亮,烟向上飘去,它一股股地从德吕加斯基的鼻孔中喷出,然后消失于无形。我们休息。这是宝贵的最后一根香烟。没有艰难的决定,没有告别,没有人死去。我们只是站在铁路拦道木的前面。德吕加斯基在抽烟。我们在等待。等他抽完了,我们从拦道木旁边走过去。尽管我并不认为这条铁轨上还会有火车开来,但是等我们走到铁轨另外一边的时候,我还是松了一口气。

18

在马路边的一个小木头十字架旁,福斯特停下来,看着坟墓前灌满了雨水的蜡烛碗。他棕色的头发一绺绺地斜沾在隆起的额头上,像被剪断的电线。

我走不动了。
那就留在这儿。

我们一个接一个地从福斯特身旁走过。德吕加斯基在他旁边停了一下,拧过头看着福斯特,福斯特低头看着地面,雨水从他们的额头和鼻子上流过,德吕加斯基用右拳抹去眼睛上的水,然后,福斯特弯下腰,解开沉重的登山靴上的鞋带,鞋带系得很紧,他使了很大劲才解开,先左边,然后右边,然后再重新系上,先左边,然后右边,德吕加斯基就静静地站在一旁看着,等福斯特重新直起腰,德吕加斯基点点头,福斯特也点点头,用手拨开脸上棕色的发绺。他们又开始走。

19

德吕加斯基的怨言最少,但我们大家都知道他是最痛苦的一个。以前我们一起赶路的时候,或者其他人不能决定在什么地方吃饭,或者吃什么,什么时候吃,或者到底吃不吃的时候,他总是第一个发脾气。德吕加斯基以前是个胖子,而我们竟然从未因此戏弄过他,这一点我当年就没想明白。其他胖子如果在学校或者青少年中心这类的地方碰上我们,可就没这么幸运了，但德吕加斯基不一样，或许因为他一直就是我们中的一员，是核心，而且他一直就是个胖子，所以他的胖已经不再会引起我们特别的注意，我们就像接受一个讨厌的习惯一样接受了他的胖，而讨厌的坏习惯我们都有。于是当他喘着粗气最后一个冲进我们替他挡着的地铁门，当他爬不上陡峭的山或是漏掉对方的前锋，当他明目张胆地用眼角偷偷呆看着我们的女朋友或是我们的薯条时，我们就谈论天气。

20

我们在一片林间空地边上找到一个有人生过火的地方。我们从远处看着被踩得稀烂的草地，看着烧过的树枝浓重的黑色，全是窟窿的雪地上灰色的灰烬，看着那片泥泞还有深绿色的、已经化冻的草地。我们发现德吕加斯基的情绪紧张起来，因为他在努力克制自己，并且因为他是我们中间最不动声色的一个。

那儿会不会有些什么？

福斯特不太能控制自己的情绪。他焦躁地不断咬着自己薄薄的嘴唇。没有人回答。我们走到近前，然后围站在那些灰烬和黑色木头四周，呼吸，不看彼此的眼睛，只是盯着那堆灰烬，我们发现这个营地除了灰色的灰烬和黑色的木头之外，什么也没有。德吕加斯基心不在焉地踩了踩焦煳的树枝，一片片细小的灰烬在我们膝盖周围飞舞起来。

21

从地上捡东西。树枝。石头。跟其他石头形状不一样的石头,猛看去会让人以为假如拿近了看它出人意料的形状,假如把它拿在手里,直起腰,等脊背上因为一直弯着而感到的疼痛开始消退,那它或许就会有跟石头不一样的另外一种功能,随后就又把它扔掉,不再去想。到处都散落着塑料袋。透明的商品保护膜,但商品已不复存在。落叶。

22

然后,福斯特的脚骨折了。没有洞,没有石头,没有意想不到的情况,只是一条横穿田间小路的排水沟而已,沟边箍着金属,那金属锈得还不太厉害,并且也没有被烂泥覆盖到让人看不见的地步。就像之前在森林中听到过成百上千次的咔嚓声,但这次伴随着一声短促的尖叫,然后是沉重的呼吸,然后我们看见他还在试着把脚摆正,脸已经疼得扭曲,然后就开始摇头,再试一次,不,不行,他用一条腿跳了几米,就好像什么地方有个长凳或者靠背椅或者床一样,就好像他已经快做到了,只差一点点,然后你就可以休息了,我们给你的脚包扎,你现在就待在床上休息。然后,他没法再用一条腿跳了,我们都很虚弱,都已经很久没有吃过东西。他朝前跪倒,双手撑地,保持这个姿势僵了一会儿,我们不知道他是因为脚疼所以脊背才抽搐,或者是因为他在抽泣,然后,他慢慢地扑倒在潮湿浓密的草地上,先是肚子着地,然后是胸脯,然后是脸。

他就那样趴了几分钟，一动不动，格鲁伯朝他走过去，弯下腰，但福斯特只是摇了摇头。他又叫了一声，因为德吕加斯基小心地碰了碰他的脚，可能是想看看伤有多重，他的叫声中充满了愤怒和坚决，我们一听就全明白了。他的脚朝一侧拧到一个不自然的角度，这样的一只脚显然没法再走路了，有这样一只脚只能躺着，别无他法。我们站着。我们看着。我们沉默着。

在继续走之前，我们把他抬到路边的一棵橡树跟前，让他靠在树干上，脸冲着模模糊糊从雾中高耸而出的岩石山，慢慢出现在视野中的那个可能是恺撒山脉，或者哈嫩卡姆山，或者别的什么山。我们把他的头转过去，让他冲着之前看的方向，就是他因为没有看到排水沟而被废了脚的时候眼睛看的地方，等他因为疼痛而皱成一团的脸重新放松下来，他就能从这个方向看见他还拥有两只完好的脚时看的那座山，在那时，他唯一的难题还只是一个乱了套的世界而已。然后我们就离开了，留下他坐在湿漉漉的草地上，我们巴望着今天晚上不要太冷，不要冷到让他在黑暗中死去。但是又要足够冷，好让这一切能够在太阳升起后不久就结束。

23

我想象着福斯特几个星期之前的样子。闹钟还没响他就已经醒来，他马上起床，伸个懒腰，刷牙，冲澡，穿衣服。他穿上一条干净的牛仔裤，一件干净衬衫，一件干净毛衣，他吹干头发，把头发梳整齐，又抹了一点发胶。他的头发很服帖，他的衣服很合身。福斯特是个很好的设计师，我想象着他离开自己那套宽敞的、设计得很有品位的公寓,这套房子因为在市郊,所以价钱便宜。福斯特是个花钱很仔细的人,但有时也会大方地买些好东西,因为他知道什么东西好。我想象着他坐进自己那辆二手奥迪 A4,然后把车开出地下车库的样子,进城方向,他很高兴自己这么早就出来了,因为他今天要在登格勒还没给他打电话之前就去按门铃,这个登格勒一个星期以来天天打电话,尽管天气干燥,并没有预告有雨,尽管这个星期他们两个人,登格勒和福斯特,都知道福斯特会在星期五到登格勒那儿去,一清早,七点半,尽管两个人都还有别的事要做,登格勒在西门子上班,而福斯特已经在做下一个活儿。登格勒新买的房子所在的那栋楼早就已经弄好了,但是上次变天的时候,阳台整个让水淹了,这可不行。我想象着福斯特对登格勒并没有意见,但他不喜欢那些本来对有些事一无所知的人偏偏认为自己能够对这些事指手画脚,尤其在漂不漂亮这件事上,没错,每个人都有自己的喜好,这一点要尊重,但如果他们那么清楚什么应该弄成什么样,那还找设计师干什么。有些人你简直想象不出他们会有什么异想天开的主意,比如他们会想在车库的出口栽一根多立克立柱,或者在平屋顶上搞一个挑楼,各种奇怪的想法,但是阳台的下水不通,这肯定不行。我想象着福斯特在这种情况下会愿意去看看,毕竟登格勒花钱请人来做,也得到了服务,至少是设计方面,这一点是肯定的,但福斯特也没办法一直盯着那些匈牙利籍的工头,波兰籍的工长和黑山籍的水泥搅拌工,看他们都干了什么。这些人嘴里说着好、好,但其实并不知道该怎么干,已经好多次,福斯特不得不让人把刚装好的木板从墙上拆下来,因为那些人根本不管你以后是不是要在那里埋线、装窗户或者加镶边。我想象着福斯特脑子里如何想着这些,手里握着方向盘,在公路连接线上，在一个阳光明媚的早晨出门去上班，然后，黄灯亮了，福斯特先是踩油门，接着又发现自己过不去，灯变红了，于是他踩下刹车，电话响了，他踩得更使劲，减挡，电话在响，他踩得更使劲，然后，电话从副驾驶的座位上掉到了车的地板上，福斯特大叫登格勒你这个混蛋，超过了停车标志线一米多，然后，福斯特捡起电话，接通，早上好，登格勒先生。

24

我们找到了一辆还没有完全烧焦的高尔夫。我们把车里的脚垫拿出来，扯下车牌，把烧焦的地毯一块块捡出来堆成一堆。我们把保险杠踹掉，用车牌把雨刮器上的橡胶条从金属支架上割下来。我们看到：博世。我们把那些橡胶跟脚垫放在一起。我们扯着焦黑的安全带，从卷收器里又抽出两米完好的安全带。我们把安全带全都拽出来，然后割下来，还是用的车牌。我们把前排座位的头枕拉出来，座椅的软垫已经全部烧毁了，我们把那些金属棍扯开，并用这些棍子把已经烧化了的塑料带扣从固定它的地方撬下来。我们拉扯被熏黑了的轮辋。我们敲碎了汽车的玻璃。

你们看，我说。

我手里举着拽下来的方向盘。我们盯着那个方向盘看了一会儿，然后我把它扔到草丛里，就在那堆橡胶脚垫和雨刮器的橡胶碎片后面。我们继续走。我们什么也没拿。

25

第二天下起了大雨,在倾泻而下的混沌雨幕中,我们看到公路边上一个巨大的沟。沟里支棱着墙壁,墙壁各自为政,互相之间没有联系,上面伸出钢管连接成桥,一个塑料篷在风中摇摆,雨哗哗地打在篷上,又哗哗地落在篷子之外,那声音响起、消失,让我想起了大海。墙壁的上方伸出一些铁栅栏。平生第一次,我在看着一个建筑工地的时候意识到,想要确定这个东西是在建还是拆多不容易,半成品就是半成品,到崭新的距离与到消失的距离一样大,或者说一样小。

走吧,高尔达说。

26

德吕加斯基用树枝挑着一只没有头的乌鸦悬在一堆浓烟滚滚的燃烧的树叶上,他说:你们听说过得克萨斯的那些艺术家吗?

什么?

在一个叫玛尔法的小城里,这些艺术家通过评估挑出七个最富有和最忠实的收藏者,被选中的人将得到他们所有最新创作的作品。

不会吧。

这是些超级极端的一元论者。

什么?

他们把原子看得比人高级。

好吧。

所以只有那些以合同的形式保证能够把这些作品用在自己身上的人才能够得到他们的新作品。

好吧。

前提是他们要把自己所有的财产都赠予这些艺术家。

好吧。

浓烟刺着我们的眼睛。

那是些什么作品?高尔达说。

做成阴茎形状的氰化钾胶囊,德吕加斯基说。

按一比一的比例?格鲁伯说。

什么?

没事。

给男人用的还是给女人用的?

都可以用。极端的一元论者当然都是变性人。

当然,我说。

那只温乎乎、半已腐烂的鸟吃起来有股温乎乎、半已腐烂的味道。

氰化钾胶囊,过了一会儿格鲁伯说。

怎么?德吕加斯基应道。

要多长时间能够起作用?

27

几个星期之前,我们还在玩我们的游戏。每次感到腻了,待在小屋里已经聊完了眼下可以聊的一切之后,我们总会玩那个游戏。高尔达站起身,从电脑包里掏出一本即时贴。福斯特从橱柜抽屉里掏出圆珠笔。即时贴和圆珠笔都被扔到桌子中间。大家一起伸手去抓,有些手快些,有些手慢些。有人马上写了起来,也有人还在使劲想。有人认为自己有了特别好的点子,也有人对其他人如何看自己的想法根本无所谓,至少是装作无所谓。小屋里简直热火朝天。我们呼出的热气在冰冷的玻璃上凝结成冰。窗玻璃上映出脊背和后脑勺扭曲的倒影,还有老旧的农家用具,炉子上挂着平底煎锅,柜子里装满了精致的红酒杯,格鲁伯家人都很讲究。

纸条上写的是名字,那些伟大的男人和女人的名字,有杀人犯、独裁者和先知。那些在座每一个人都认识的人,这些纸条被贴在他们的额头上,他们要么和这些人特别相像,要么正好相反。这个游戏的名字叫:我是谁?每个人每次都是用同一个问题开始:我还活着吗?

我们坐在那儿,喝着酒,笑着,提着正确的或者不那么正确的问题,投入或者不那么投入,从表面上看跟以前没什么两样,但还是有些什么不一样了。以前,世界朝我们铺天盖地过来时,我们非常自然地一起坐、一起站、一起走、一起跑,我们看到的,闻到的,听到的都是一样的东西,而如今,那种自然而然似乎少了一些。我们以前甚至没有必要评论正在发生的那些事,我们熟悉彼此,清楚地知道自己心里和别人心里正在想些什么,我们在这边,那里是外边,我们前面,后面,下面,其他的人,那些小家伙,大家伙,父母亲,姑娘们,老师们,黑板,元素周期,家庭作业,那些夏天时短暂、刺目而且嘈杂,冬天又漫无尽头的空虚的下午。分班上的体育课,全是窟窿的草地,塑胶跑道,足球俱乐部地下室里肮脏的淋浴室,沾在钉鞋里的硬地球场里的烂泥,球衣筐里的味,球员们故作镇定地在那个筐里找要贴在脊背上的号码,在别人的更衣室,客场比赛;青少年中心里的迪厅,土耳其人,南斯拉夫人,那些拒人千里之外的姑娘们,她们肯定在我们还不知道怎么牵手的时候就已经让那些人给亲了;购物中心人工湖旁边的廉价比萨外卖;在学校对面的肉铺里很走运地买到煎肉饼上最有滋味的饼边。

比平常还要安静,造雪机停了。

28

我们坐在下一个冷库里,下一个超市里,下一个村庄里,我们口渴,因为没有水,我们吃饱了,被一包冷冰冰的家庭装微波炉奶酪火锅塞满了肚子。德吕加斯基说全都是心理问题,所有历史上的灾难说到底都跟心理疾病有关系。所有神经病,精神病,歇斯底里病患者,从对女巫实施火刑开始,一直到第三帝国为止,或者,就像我们现在看到的,还没有结束。

哦。

根据统计数据,西方世界在过去十年间使用的抗抑郁药增加了百分之五百。百分之五百!想想看。

高尔达点点头,好像在说这的确很多。其他那几张脸藏在阴影里看不清楚,但是能听见他们都是醒着的。

人类的新灾难叫慢性疲劳综合征,所有人都觉得太多了,太复杂了,太无所谓了,绝大多数人希望能不受打扰地看电视、睡觉。但那样也就不可能形成任何社会。

我认为只有这样才能形成社会,高尔达说,能看电视的人就不会犯罪。

不知道,格鲁伯说,他没兴趣讨论。

这也没什么所谓,德吕加斯基说,反正我认为,我们已经进入了一个群体抑郁的阶段,在纳粹时期短暂的躁狂阶段之后,现在开始的是群体的抑郁。

为什么是现在?为什么是抑郁?

因为咱们过得太好了。过得不好的时候咱们就狂躁。现在过得好了,就抑郁了,事情总是这样的,咱们的情绪在跟外部世界抗衡,防御机制,这是最正常、最根本的原则。咱们都是电子,每个人都想要他没有的,想成为他不是的那个,加,减,黑,白。

那咱们现在肯定很快就能够非常非常幸福了。

为什么,你不幸福吗?

你幸福吗?

29

就这一个弯了,然后咱们就休息。拐过弯之后:一辆侧翻的油罐车。橡胶碎片挂在厚重的钢制双轮毂上,静静地悬在空中,但又像是还要转动的样子。螺母已经锈成了黑色。我不知道这里发生过什么,这么大一辆车怎么会在笔直的路面上翻倒,然后,我看到了一些树桩,在翻倒的油罐车前面不远的地方,有人把这些树桩削尖了,在右边的应急车道上斜斜地插进柏油路面上一些事先凿好的洞里,我看到另外一些树桩,还有用来把那些砸进地里的尖树桩支起来的石头。这应该是在夜里干的,也可能是在白天,说不定还有更多这样的桩子,也许它们横过了整条马路,也许那辆油罐车是躲闪不及,前轮飞出,车就翻了。我想象着车慢慢倾覆的样子,就像慢镜头。前轮翘起,猛地一颤,噼啪作响,驾驶室朝车斗拧过去,左边,然后,它静止了一下,由于牵引车悬在空中,向左倾斜,所以听不到发动机的声音,能看到车是棕色的,车漆已经开始剥落,还能看到牵引车后面、马路边上浓密的针叶林,然后,突然一声巨响,硬邦邦的、闷雷般的响声凭空而起,没有回声,而是直接四分五裂,变成了摩擦声、咔嚓声、扭曲声,延展,折断,在这些错综交织的不健康的声音中又是撞击声,沉闷地轰鸣着,然后又是摩擦声,这次更为均匀,扭曲声与断裂声已经没有了,只剩下摩擦声,持续时间惊人地长,然后,声音变小了,等到牵引车停止下来,声音逐渐消失,这时油罐车已经不再是一辆油罐车,不再是一个既艺术又实用,由各种机器组装而成的人类智慧的结晶,而是一只垂死的动物,一阵咳嗽、喘息,缓缓地呼出了最后一口气。

我想象着,他们不久之后就来了,穿着褴褛的滑雪外套还有登山靴,他们小心翼翼地从树丛中钻出,油罐车又往前滑了一点,但是车已经倒了,这是最重要的。我想象着,他们从容地靠近自己的作品。他们不着急。

我想象着,那个驾驶室的人很着急,但是也可能肋骨断了,所以他躺在那儿等着,他知道接下来会发生什么,后来,等银色的油罐空空如也,既没有燃料,也没有酒或者牛奶,或者融化的雪,等到里面空空如也,他们就把备用油箱里剩下的最后一点柴油抽出来倒在驾驶室上,一开始着得不好,但之后就着起来了,浓烟滚滚,浓得夸张,这是火愚蠢而毫无意义的炫耀,在火中,司机支离破碎的身体慢慢消失。我想象着,他在整个过程中连喊都没有喊一声。

来吧。

高尔达站在我旁边。德吕加斯基和格鲁伯已经在前面走了。

30

晚上,高尔达第一个钻进已经坍塌的渔夫小屋,我们是在一个圆形的池塘边发现这个小屋的,屋子四周全是高高的芦苇,当然,高尔达也是唯一一个从里面拿出些干木柴的人,一把椅子,惊人地完好。他立刻就把椅子踢进了灰烬中,而我们其他的人则从断裂的房梁上把已经腐朽的屋顶镶板往下拽,把芦苇丛压倒,在上面铺上硬纸板,然后自己再躺上去。潮气很重,池塘散发着臭气,但我们已经很久没有躺在这么柔软的地方了。我们紧紧挤靠在一起,我们现在经常这样,因为不想现在就冻死,为什么,这个我们自己也不知道,我们既不知道自己在等什么,也不知道像这样翻山越岭是要找什么,这样的长途跋涉无非是不断提醒自己,现在已经什么都不一样了。幸好我们也不再问自己什么。我们躺在高尔达那把椅子燃烧时发出的微弱亮光中,我能感觉到自己身前的德吕加斯基和身后的格鲁伯,然后我听到格鲁伯说:爱情其实是挺奇怪的。

问题就在于自己的期望,德吕加斯基说。

我觉得纳乔太野蛮,格鲁伯说。他那么粗野,其实只是为了弥补跟洛克之间相差的那几厘米。金属手环。文身。他那副模样无非是说,这个人会狠狠地干你,他也的确狠狠地干她们了，但也仅此而已，再就没什么了。他太关注这件事，为的就是用那一个伟大的问题不断地把自己夸张的凶狠和野蛮大吼出来：我干得够狠吗？意思其实是说：有人爱我吗？我不知道，我说。

洛克完全不一样，他不去想自己干她们干得是不是够狠，他甚至都不去想到底要不要干她们。他选好女人，先仔细地观察她们，静静地，就像在研究某种害羞的稀有动物，蝴蝶，灯笼鱼，巨鲸，就像艺术品一样，就像一种他没有见过的全新的生活方式，他连摸带闻，尝遍她们身上的每一寸地方，毛没有刮干净的腋窝，肮脏的脚后跟，后面。

那个纳乔也感兴趣，德吕加斯基说。

但是他只对后面感兴趣！外阴，嘴巴。所有其他的对纳乔来说都不重要。洛克想要干的是她们的大脑。她们的脱氧核糖核酸。假如没有女人的话，这个男人肯定会郁郁而死。这就是爱。

我摇摇头：但是他干起她们来比别人狠。他干她们的时候，就好像她们是家具一样。

为什么不能爱家具？

我坐起身看着火堆。正在燃烧的那东西已经看不出是把椅子。

31

与迈步的艰难相比，我们反倒不是很担心可能因为发烧或者发寒热，或者因为腿已经无法支撑身体，因为上坡路走不到头，因为抵抗力下降等被抛弃在一堆潮湿的落叶里。我们痛恨的是走路。我们痛恨那些必须要从脚下经过,或者停下时踩在脚下的土地。我们痛恨随着越来越浅、越来越急促的呼吸一次次冲进肺里的冰冷纯净的空气,因为就是它让我们那些出汗的地方感到寒冷。我们痛恨光亮,因为它让我们看到前面、后面、左面、右面还有多少土地、森林和山坡,看到一切之上的空旷,看到我们还剩谁,少了谁,看到我们的样子是多么羸弱,多么潦倒,多么丑陋和愚蠢。总之,我们对这个世界不再有多少感情。尽管如此,我们还是老老实实地一步接一步朝世界深处走下去。

32

到小屋后的那个早晨,一个人做早餐,其他四个人在看。别把橄榄油烧那么热。鸡蛋里多加点火腿。少来点洋葱。多点鸡蛋。少点火腿。

我们吃饭,然后开始等着自己的周末结束。我们看着山谷。有人在抽烟。我们在雪地里打闹了一会儿。我们看着山谷。我们用雪垒了一个吧台,这个工作使我们暂时找回了自己的位置,在这个山坡上,在阿尔卑斯山中,在苍穹下。等到吧台垒好,我们赶紧给自己倒上一杯白啤,然后围在从陡峭的山坡上高耸出来的白色方台四周,天气凑凑合合,至少没下雪,待在外面没什么问题。高尔达,福斯特,格鲁伯和我喝着酒,或者互相看着,我们的目光从脸上跳到酒杯上又跳到脸上,假如酒杯刚好没有放在唇边,我们就冲彼此微笑。德吕加斯基静静地盯着山谷看了很久,然后他说:这里看出去还真是挺漂亮的,是不是?

33

我醒了。地面的寒冷和潮湿让人觉得很熟悉,我压在脸下面的手压着的那张塑料雨布也是湿的,口水夜里都流到塑料布上去了。我口干舌燥,只想再躺一小会儿,倒不是因为躺着有多舒服,而是因为起来太没有意义,根本无助于改善气氛、体温、饥饿感。

然后,一切突然都变了,所有的颜色、声音、气味,转瞬之间,天空发出一种声音,细细的水滴落下,斜斜的,配合着同样突如其来的风的节奏。下雨了。对我们目前的状况而言——裹着破破烂烂的塑料布,躲在胡乱交叉在一起的枞树枝形成的全是窟窿的房顶下,等待着,等着什么时候自己能够晾干,暖和起来,或者死去——下雨是挺让人泄气的。但是看到世界完全不用我们插手就能做它正在做的这些事,我们倒是也挺高兴。

我们找到什么就吃什么。我们吃了一只被打死的狗。我们吃了两头被枪击毙的家猪,还有烧焦了半边的羊。吃这些意外失去生命的东西挺没尊严。当然,肉排也是死去动物的肉,但那动物之所以被杀就是为了让我们吃。我们满心厌恶地吃着这些动物,有时还得克服或者不理会想呕吐的感觉。动物们就那样死了,跟我们没有关系,不管我们是不是会路过,捡起它们,吃掉它们,消化或者不消化它们,它们都一样会死。我们的先祖是猎人、养殖户、屠夫。我们只是一些长得过大的细菌而已。

34

我们从远处看见一根高压电线杆,在电线的高度上有好多黑点。我们走过去。我们看见一条规划好的铁路线,从右边一路翻越山脊,穿过山上的森林延伸到山下,与一条看上去有些过分宽的林间通道汇合。道路上空,八条电线将灰色的天空切割开,从我们左边一路往山上去,最后形成一个绵长的波浪,消失在雾气中。我们走过去。电线杆上的黑点现在变成了一坨坨的东西,就像是溢出的电流。电线与电线杆交叉的地方有两坨比较大的,靠下一些地方还有六七坨比较小的。地上也是各种大小的尸体,都是黑色的,现在我们看出挂在电线杆上的那些也是尸体。我们停下脚步抬头看,那一坨坨的东西是些被烧得纠缠在一起的人,人与人,人与电线和电线杆都融成了一体,很难说他们是多少人,焦得太厉害了,已经扭曲,萎缩。从其中几个比较小的坨坨里伸出一些长长的尖东西,就像折断的树枝的残留物。

禽类,德吕加斯基说着,用脚碰了碰一只烧焦的鸟。

不知道还有没有电,格鲁伯说。

有个办法能够知道,高尔达说着,朝上面看去。

我们继续走。晚上,我们坐在一个公共汽车站里,冻得瑟瑟发抖。雨点敲击着车站的顶篷。我们紧紧地挤在一起,打开身上的四张塑料布,把它们裹在我们现在合而为一的身体上,下面是八条冰冷的腿。我闭上眼睛。快睡着的时候,我听见格鲁伯的声音:可能先是人触电烧焦了,然后那些鸟过来想吃那些烧焦的人,结果自己也被烧焦了。

可能吧，高尔达说。

但也可能刚好相反。

35

我觉得就是东西太多了，格鲁伯第二天早晨说，高尔达发出的声音听上去就像不太成功的性高潮。

我说的是随处可见的那些东西，谁用得了这么多东西？每个人不是都有一些嘛。至少绝大多数人是有一些的，很少有一无所有的人。

东西不是一直都很多吗，我说。

但也没有这么多，格鲁伯说。

很难说，德吕加斯基说，然后格鲁伯说：

无所谓。我说的其实是比东西更根本的。这整件事里最恐怖的是隐藏很深的那些部分，你们知道吗，我站在仓库里，看着装男士内裤的棕色盒子一直摞得顶到天花板，六米，这当然是很多东西，但让我害怕的并不是数量，而是别的，然后我就想，所有这些盒子都得有个去处，这些盒子里的所有内裤都有个来处，它们并不是在这里生产的，它们只是在我这个仓库里中转一下，内裤是土耳其伊兹密尔附近的一家工厂生产的，包装来自贝尔格莱德，我用来放内裤的那些纸盒来自比利时的布鲁日，都是可再生材料，就算是这样，这么多的东西，还有物流的载重卡车，每一个螺丝，每一块脚垫，包括夹在刹车下的每一个讨厌的卵石都经历过长途跋涉，要搁在一百年前，一个正常人一生走的路加起来才能有这么多。这是病态，对不对？

哦，我说。

是病态的，格鲁伯说。如果大家总想着要上别的地方去，想去的地方还得跟来的地方不一样，那谁还能知道自己在哪儿？

你的意思是，家？

不，我说的是移动本身，不断地来来往往，永远也不能安静地停上五分钟。如果说这世界是个有机体，而我们和我们的那些货物都是组成这个有机体的分子——那么这就是个正在发高烧的世界。

德吕加斯基摇摇头：除了我们之外，这里已经没有什么东西在移动了。

我自己也能看得出来。我说的本来也不是现在，我说的是以前。我说的是我们本应该能够预见到这一点。如果那样的话，我们会怎么做呢？

后来，开始下雪了。各种形状的大片雪花杂乱地朝不同方向飞舞，被没有固定方向的风时而轻柔，时而不那么轻柔地抓着。枝条、枝干、树干都配合着风的移动，这一切之中是在我前面摇摇晃晃的三个脊背，上面是三颗垂着的头颅，正在穿过慢慢变成白色的森林。我前面，六个肩膀左边一下右边一下倾斜着，跟他们落在地面上的脚保持同步。不像是发烧的样子，更像是没有尽头的，缓慢的坠落，就好像地心引力已经不再作用在从身体到地心的最短距离上，而是成为一个个巨大的同心圆，这些同心圆迫使我们不断朝前走，一直走一直走，绕着整个地球，直至跪倒在地。

36

在小屋的最后一个早晨,其乐融融。我们以为自己马上就会回归自己在社会中所扮演的各种角色,我们期待着自己的床、自己的电视机还有自己的枕边读物,有几个还因为就要见到自己的老婆而高兴,所以我们收拾行李的速度很快,庆幸自己并没有被酒精弄得浑身无力。要是换作以前,我们就不会只是喝啤酒,而是要喝烈酒了,并且还会有人呕吐。山里的空气让人神清气爽。我们系紧背包,我们把背包放在门边,我们收拾床铺,我们把睡袋卷起来,用冰冷的水洗了碗,一个人的手冻麻了,就换一个人继续洗。我们又煮了一壶咖啡,把咖啡分到五个杯子里,然后马上把咖啡壶洗干净,从咖啡机里取出滤纸,把配餐柜上擦干净,收音机放回柜子顶上。电已经关了,还剩下水,先关上总水阀,然后放干净厨房和卫生间管道里的存水。有人扫地,有人系上垃圾袋,并把垃圾袋放到门口那几个背包的旁边。然后,我们端着咖啡杯走到外面的平台上,想再欣赏一下外面的美景,也为了再次向自己证实我们的确来过这里,我们大家一起。

我们站在那里,小口抿着咖啡,看着山谷里面,什么也没有说。我们站在那里看着山谷里面。咖啡杯里腾起热气。看不出形状的云。雪。没端咖啡杯的那只手插在裤兜里。一清早,如果只是拿着咖啡出去一小会儿,还可以不戴帽子。造雪机还是没有动静。我们玩得不错,但是现在要结束了也很好。这里的这个雪吧台或许将是我们垒的最后一个了。我们早晨必须要做的那些事。我们冰冷的脑袋。山谷里的村庄上方黑烟滚滚。着火了。

37

不知道是发动机着火了,还是空投的炸弹,高尔达说着,登山靴踩进了一个红棕色的小水洼里。

为什么是空投炸弹?根本就没有空投炸弹了。顶多盖房子的时候能挖出空投炸弹。

高尔达脚踩的水洼里有一个烧焦了的发卡。格鲁伯把高尔达从那堆烂乎乎的东西里推了出去。德吕加斯基装作正在观察路边树木的样子,每次气氛看似不太和谐的时候他都这样。我朝那一小片铁皮弯下腰去,铁皮的边是波浪形的。

如今有导弹。地对空导弹,地对地导弹,空对空导弹,空对地导弹。
巡航导弹,德吕加斯基说。
没错,格鲁伯说。
闭嘴,高尔达说。

噼啪,发卡在我手中一响,其他人怔了一下,他们没想到会听到这个声音,这几个成年男人正在谈论现代的武器技术,他们的大脑需要异常长的时间,才能把这个声音跟那辆烧毁的六座变体菲亚特里的儿童安全座椅联系在一起。洲际导弹,我说。这是眼下能想出的最合适的话。

38

　　这树枝是我的,高尔达边说边指指我的手,德吕加斯基瞪大了眼睛。

　　是我找到的,我说。就在长满苔藓的那根树干旁边,躺在松针上,一端担在树根上,一端伸向空中。是我把它捡起来的,这会儿手里正握着它,你怎么还能说树枝是你的?

　　给我。

　　去另外捡一根,我说,但声音并不强硬,也不是很确定,更像是被人问起过得怎么样时的那句"很好"一样。格鲁伯竖起了耳朵。他慢慢地朝我和高尔达转过头,眼睛里闪着一簇光,脸上很奇怪地没有什么表情,但是绷得紧紧的,能看得出来他想要什么,他有需要,有诉求,但并不是要讨论财产的自然属性,或是要将自然变为财产。他站起身,朝我们走过来,朝我和高尔达还有坐着的德吕加斯基走过来,德吕加斯基也像我一样手里握着根干枯的树枝。格鲁伯走近了,他想看看接下来会发生什么。我心中警觉起来,但这种警觉是没有明确目标的。这是一种等待,会转瞬间变成行动,变成跳、踢、打或者咬。我联想到守在桌边看肉上桌的狗。然后,啪一声,我看见德吕加斯基把自己那根干树枝的一半递给高尔达,高尔达看着他,接过那半根小树枝,把它扔向身后,树枝高高地划出一条弧线,然后,他继续瞪着德吕加斯基,德吕加斯基转开了目光,高尔达继续瞪着他看,然后从胸中爆发出——大笑,先是格鲁伯跟着笑起来,然后是我,我们大笑,德吕加斯基挠挠下巴,顺着他身旁的那棵树往上看,就好像他是甲虫防治委员会的人。他强迫自己的眼睛顺着树皮的沟槽往上看,啊,这里要稍微往右一点,高尔达捧着肚子,格鲁伯拍着膝盖,我用拳捶着森林松软的地面,哈哈,真软啊,然后立马又是一拳,捶得更加使劲,我们笑啊笑啊,等着阴云散去,以前我们每次大笑过后都会那样。但是这次什么也没散去。然后,我们喘着粗气,就像打了一场仗。尽管我筋疲力尽,但是今天夜里我不会睡,今天夜里我要盯着高尔达。

39

被打碎了玻璃门的超市如今对我们来说已经是很熟悉的了,我们知道怎么钻进去,如果只是因为饿,那我们还远没有到需要太着急的地步。没错,玻璃门上的那个洞非常靠下,所以得弯腰,其实弯腰还不够,我们得匍匐前进,贴着地面爬,而高尔达不喜欢贴着地面爬。反正他爬得特别快,动作幅度很大,似乎还有些不自信、烦躁,他以为自己已经钻过去了,就跳了起来,但他其实根本还没有钻过去,破碎的玻璃门上又尖又长的碎玻璃刺透了他的夹克、毛衣、衬衫。玻璃片刺穿了他的皮肤,他腰上的肌肉,他的肾脏,看他叫得那个样子,应该是有一部分肾脏过滤出来的毒素直接冲进了某个神经束里,他跌跌撞撞地朝前扑去,怒吼,摔倒,躺下,抽搐。

我们一个接一个从洞里爬过去,幸好他没有堵住洞口,紧跟在他后面的格鲁伯冲他弯下腰,抬起他的头,把那个抽搐着的、大喊大叫的东西拽到自己怀里,那是他的上身,从高尔达腰上那个深深的伤口再往下的身体看上去仿佛已经没有生命了一样。

我们另外两个人也走过去,缓慢,迟疑,带着一种让我自己感到有些可怕的好奇,高尔达的声音更响更亮了,他开始尖叫,猛烈地尖叫,我嫌恶地看着躺在格鲁伯怀里的他,感到自己的嘴正撇开,摆出通常人们马上就要呕吐时的样子。幸好高尔达看不见,他的脸放在格鲁伯交叉着的小腿上,他试着抬起自己的头,放弃了,然后又试,又放弃了,试了最后一次,放弃了,又放弃了,同时,他还在喊,声音大得让人无法忍受,格鲁伯轻声对我说给我锤子的时候,我先吓了一跳,随即又松了一口气,保险起见,我还是说,什么?尽管我非常清楚地听到了他说的是什么,高尔达在大叫,其他人站在旁边,那样子就像在说,我们时间可不多,格鲁伯吼道,给我锤子,然后高尔达也吼起来,见鬼啊,给他锤子,然后,我从腰带上抽出锤子,递给格鲁伯,然后,锤子从高高的地方飞进了格鲁伯的怀里,头发和鲜血飞到我的脸上,然后,没声音了。我舔舔嘴唇。是咸的。

40

这天夜里,我们睡不着,于是我们又起来继续走。在黑暗中,我们前进的速度很慢。我们排成一列,第一个人小心翼翼地伸出胳膊,沿着路走,后面的人把手搭在前面人的肩膀上。过了一会儿,我们觉得这样很奇怪,所以就把手又拿了下来。我们耷拉着胳膊,仔细听着前面那个人的脚步声。脚步声听上去温柔、谨慎、不确定。它没有终,也没有始。我们的脚在森林柔软的地面上蹭着。我们不再把脚抬高。我们蹭过这个星球的表面,就好像要跟它达成和解。

41

我想象着高尔达的样子,几个星期之前,他正在一个咖啡杯上小口抿着,咖啡味道很差,但他说:好咖啡。

下午的阳光从百叶中射进来,客户的落地大钟敲响四点钟。

我想象着高尔达说了点什么,好打破僵局,例如说,就像泥瓦工一样准时,女客户姓胡博,她点点头,然后看着自己的丈夫,后者迟疑地看向高尔达,并没有显得不友好,心里想着,他是说自己还是说我们。

您二位还相信退休金吗?

这个,胡博太太说,胡博先生说,呃。

高尔达笑了。

耶稣圣婴,上帝,我是无所谓,但是退休金?我可要让二位失望了。你们是想为将来打算,聪明的决定,所以我今天才会在这儿。所以你们才给我打了电话。

是您给我们打的电话。

没错。但是您对我说:高尔达先生,请您星期二四点钟来,现在是星期二的四点钟,咱们坐在一起喝着咖啡,打算想想如何安顿二位的晚年。

我想象着高尔达朝后靠坐在茶几旁边的一把软椅中,就好像要让他们看看什么叫安顿好的晚年。他又抿了一口咖啡,然后,他的动作突然快了起来。他将平金黄色的领带,手还在金色的领带夹上稍稍停了一下,配套的袖扣他一开始没有摸,等他们签字的时候再说,他心里这样盘算着,然后,他冲立在脚边的文件包弯下腰,取出两份合同。

劳驾两位填一下这个。

没问题,胡博太太说,胡博先生从眼镜上方狐疑地看着,他开始看合同,然后他说:

但是。

怎么?

您还什么都没有讲。

是的,因为一切都很清楚,但我很乐意给两位讲讲,两位想知道的任何事情,我都可以告诉两位。两位想知道什么?关于联邦德国现在的人口金字塔多么不稳固,就算一战和二战同时爆发,也不会这么不稳固,是吗?关于国家的养老金在门槛国家投资股票亏了几十个亿的事?关于中国如何取代德国成为最大出口国?关于我们很快要面对的通货紧缩?

不是,胡博太太说。这些我们都知道。我们又不傻。对不,盖拉德?

我想象着他们说话时比平常声音更大,也更自信。

我以为这应该是咨询性质的,胡博先生说,各种选择的可能性,了解都有什么。那个打电话来的年轻女士也是这样说的:只是咨询而已。我想要的是那个。我妻子刚才已经填完一半的那个东西是什么?

胡博先生,高尔达往后一靠。我很欣赏您的这种不信任。

这不是不信任。

就是不信任。为此我要对您表示感谢。我最愿意跟那些非常清楚自己正在做什么的人合作。这些人不愿受人摆布,不管是谁。这种人不可能说简单地告诉他这个世界是怎么回事,然后就让他按我的意愿行事。我也是这样的人。所以我一到这儿就感到特别舒服。

他朝胡博太太送去充满信任的一瞥,胡博太太把身体的重量挪到另外半个屁股上,微笑着,或者类似微笑。

胡博先生,您太太填的那个东西无异于对您老年生活水准的拯救。这是为了给您保障,这样就算德国突然不行了,您也不至于突然间两手空空。那事也不是没发生过。

我想象着高尔达笑了起来,胡博没有笑,然后高尔达心里想,硬骨头,或许他不太喜欢跟第三帝国有关的暗示,没准是犹太人,或者奶奶碰上了轰炸,爷爷没从战场上回来,先看看。

我当然也可以给您讲解一下这种用于养老的最安全、利润最大的投资方式:水泥黄金。欧洲央行。欧洲中部不动产基金中的劳斯莱斯。我还要告诉您其他还有些什么项目。但是首先我想要对您说五年之后可能不复存在的东西:欧元。

胡博太太笑了,高尔达也跟着笑起来。她被拿下了,只是,那个男的怎么样?

那这个基金是如何运作的?

首先,这都是清一色的顶尖国家,顶尖的地理位置,顶尖的设备。德国,斯堪的纳维亚国家,瑞士。没有那些地中海或者斯拉夫的破烂。

哦。

从事先约定的年龄开始按月返还,按照事先约定好的额度,高低跟支付的数额挂钩。另外一个可能就是一次性返还一个较大的数额。没准两位到老了之后还想犒劳自己一辆保时捷?或者一艘游艇?辛苦工作了一辈子的人理应犒劳一下。

我是重度残疾。

但是假如您能工作的话,那就会去工作啊!

那我的钱会到什么地方去?

您交的钱将会被放在一个基金里,这就像是一块大蛋糕,所有人都一起烤,最后每个人都能分到一块。

那配料是什么?

就像我所说的,这里面全是高尚地区的一流投资对象,汉堡的奥登森,柏林市中心,苏黎世的黄金海岸,绝对的顶级球队,您明白吗?像诺伊帕尔拉赫或者哈森贝格尔这样的水泥荒漠,您在这里面是找不到的。

我是在哈森贝格尔长大的。

那里以前也是非常漂亮的,直到后来所有这些,嗯,怎么说呢,总之在吸引外籍劳工的时候,大家的想法有时过于简单,是不是,胡博先生,我是说,说老实话,那真的还是您的哈森贝格尔吗?

不一样了,您说得没错。

这还是您的德国吗?

不一样了。

是吧?

那您还想让我给这个德国投资?

往它那些好的地方。

是吗。

风险被整个欧洲中部的那些最可靠,最有意思的不动产企业分担了,我们把这叫作产品多样化,这样就不会出问题了。如果他们全部破产了,那我们要担心的事就完全不一样了。

这就是说,如果下一次世界大战爆发的话,我们连退休金都拿不到了?

好了,盖拉德。

胡博先生,如果第三次世界大战爆发,谁都不会再得到什么,这一点应该是清楚的。但是我们可以这样说,虽然不见得理智:我们可以认为那些政客女士和政客先生们不会那么愚蠢。

您的话上帝听着。

盖拉德,我想签。

我不想。

那你别签。我签。

随你的便。

我想象着,胡博先生站起身,朝门口走去。

这样如果我死了,你就衣食无忧,而我就会孤苦无依。

我想象着,胡博先生停下了脚步,高尔达心里想:老天,突然这个女胡博也好像很可爱。

我想象着,胡博先生走了回来。

给我。

我想象着,胡博先生从高尔达手里接过百利金牌钢笔,高尔达则摸了摸他金色的袖扣。

不好意思,他有时就这么固执。

男人嘛,高尔达说。

我想象着,他们之后笑了起来,一起,女胡博和高尔达,除了胡博先生之外的每个人都在笑,而他只是盼着事情赶快结束。

您还想再来杯咖啡吗?

非常非常想。

42

草地是湿的。我们走着。草地柔软而有弹性。我们缓慢地走着。草地缓坡向上,看不到尽头,另一端已消失在浓稠的灰白色中。干枯的,吸饱了雨水的草,可能着过火,不,只是略微烧焦了一点。一个宽宽的山丘露出轮廓,跟背景的颜色一样,不高,可能就一两米,从左边斜着向右边插过去,太过均匀,太过笔直,太过宽阔,让人觉得像是人工的,等走近后,我们看出它真是跟地面同样的材料。铁路的路堤。我们爬上去,光滑的,闪着湿润光泽的铁轨,完美的平行线,分别伸向两边的天际。支撑触线的电线杆倒在草地上,停转的机器。我们先是不知所措地站在路堤上,然后想到,这些铁轨还在使用的时候,肯定是通向什么地方的。我们于是决定跟着铁轨走。一开始,我们走的速度快得不自然,总是一步跨两个枕木,这是大得不自然的步子,我们前进得快,但是累得也就很快。渐渐地,我们调整了步频,现在每一步只跨一个枕木,这又是小得不自然的步子,我们走的速度慢得不自然,因为要精神集中,小心翼翼地每步只跨一个枕木,虽然走得很慢,但我们依然被搞得很累。我琢磨了一下道床上的这些石头可能是从哪儿来的。我不知道是谁把它们弄到这儿来的,又是谁把它们从其他地方弄下来,每一米大概有多少石头,在这段路上,在全世界的所有道床上,我开始惊讶地想这个世界上究竟有多少石头,曾经有过多少道床,多少铁轨,它们又通向多少地方。然后,格鲁伯突然离开了路堤,我们松了一口气,一个个跟在后面,我们不需要什么目的地,就算我们能到那里,它也应该不复存在了,能想怎么走就怎么走,这一点才重要,于是我们又走上密实的、湿漉漉的草地。我们的步子缓慢而均匀。

43

我们远远地就已经听到了嗡嗡声,是从建在一个古老的蒂罗尔庭院四周的一个干干净净的新建筑群那里传出来的。白色的墙,铁皮房顶。可能是牲口圈。我们当然很害怕。除了自己或者天气制造的声音之外,我们已经很久没有听过别的声音了。这声音听得人心里直犯嘀咕,一种金属发出的嗡嗡声,很均匀,但是又好像有什么缺陷,我也说不清有什么地方不对,只是觉得那声音似乎并没有跟自己达成一致,听上去并不是它应该是的那个样子,不像原本计划好的那样。那声音似乎很累,也或许有些太夸张,就像一辆以三千转的高速空转着停在红绿灯前的汽车一样。

我们小心翼翼地走到近前。第一栋建筑的推拉钢门锁着,我们打不开。窗户在离地三米多的地方,安在窗户上的栅栏之间距离很小。来到第二栋建筑跟前时,我们发现声音是从这栋建筑里传出的。我们绕着它走了一圈,嗡嗡声始终一样大,一样亢奋。建筑的背面有一扇没上锁的木头门。我们走进去。声音突然变得非常大。我们走进建筑物里一个比较小的侧室,里面一股浓烈的柴油味。这里的嗡嗡声变了,更深沉也更饱满,听上去就是一台正在工作的发动机而已,没有更多也没有更少。看到那台柴油发动机的时候我想,这是一台非常普通的柴油发动机,欧洲中部地区的农庄里,这种柴油发动机被用于各种非常普通的用途。

那东西要驱动的是什么,德吕加斯基在嗡嗡声中大声吼道。

粒子加速器,格鲁伯吼道。

什么,德吕加斯基吼道。

一个秘密装置,用来制造黑洞,类似于遇到灾难时的非正式紧急出口,能够离开这个烂地方的唯一出路。咱们终于找到它了。

什么,德吕加斯基吼道。

我怎么知道,格鲁伯吼道。

我们穿过一扇侧门,来到一个比较大的房间里。确认了嗡嗡声是一台正常工作的普通发动机发出的正常声音后,我们都松了一口气。在大房间里,我们看到一台非常普通的巨大的钢泵,泵淹没在一些非常普通的管子里,管子伸向在泵的四周围成一圈的挤奶台,每个位置一根。正常情况下,每个位置上都会站一头正常的母牛,但现在那些牛是躺着的,看上去也不正常。不管怎样,这还是一台非常普通的电动挤奶机,只是在世界毁灭的时候忘记关了,于是它吸啊吸啊,就像电动挤奶机通常会做的那样,尽管母牛身体里早已没什么可吸,它们的皮毛下面是空的,只剩下骨头而已,陈旧的、皱巴巴的母牛服饰,上面带着过大的头颅。狂欢节已经结束很久。泵的溢出阀里涌出橙色的黏液。臭的。

44

在一座狭窄的石桥上,我们看到一辆旅游大巴,大巴车卡在两堵及腰高的墙中间。一条小溪在下面的深谷里发出浪漫的哗哗声。我们笑了。这辆车有巨大的前风挡,它前面的马路满是窟窿,左右两侧是古老的石头砌成的护墙。

人怎么会蠢到这个地步,格鲁伯说。

大巴车旁边的墙大概只有二十厘米宽,下面是二十多米的深渊,我们没有勇气从那墙上走过去,于是就打碎了风挡玻璃,用的是马路边从山坡上伸出来的那些岩石里的一块。柏油路和森林之间有些土壤已经松动,被融化的雪水年复一年冲刷,岩石于是从那里裸露出来。

粉碎的安全玻璃仿佛一张地毯,被我们从框里拽了出来。我们踩在保险杠上,摸索着把手伸进散热网格上方那个矩形的空洞里。我们摸到了仪表盘。我们小心翼翼地爬进大巴车。地板上是巧克力和薯条的包装袋,还有几个空水瓶。第三排座位上放着一条浅棕色的围巾,德吕加斯基把它塞进兜里。格鲁伯在行李格里找到了一双麂皮手套。我纯属好玩地拧了一下车钥匙,巨大的音乐声吓得我一哆嗦,猛地缩成一团,我多么美,我多么棒。我赶紧又熄了火。

假如我们没有砸碎车窗玻璃,那这里本来很适合过夜。但现在,风呼啸着从大敞的前车窗吹进来,又从侧后方的门吹出去。这辆大巴车停得刚好能让人打开车门,有秩序地下车去,但行李箱就打不开了,它被挤变形的车身钢板和桥的石墩挤住了。我们下了车。在车尾,我们又停了一下。发动机盖儿开着,我们盯着发动机看了一会儿。它看上去跟我想象中旅游大巴的发动机一样。我们关上发动机盖。那声音让人感到安慰。

狭窄的公路顺着陡峭的蛇纹岩蜿蜒而下。路在山下变宽了,我们面前出现一个山谷。我们看到了第一个乘客。他就好像专为我们躺在马路中央,头枕在双肩包上,胳膊交叉着抱在胸前,衣服和脸上盖着一层薄薄的雪。

山谷越来越开阔,我们来到一个村庄前,看到越来越多的人。我觉得似乎太多了,一辆旅游巴士根本装不下,但我的感觉也不一定对,我并没有数有多少人,也不知道一辆旅游巴士里能坐多少人。

他们躺在马路上,排成一排,像是第一个人停了下来,而后面的人却没有勇气从他旁边走过去,或者没有力气,于是他们就在避风的地方等着,等到那个挡风的人抗不住了,他们就站在第二个人身后,第三个,第四个,直到后来第五个也倒下,倒在他前面那四个人身上,慢慢地,就像倒在一张铺好的床上。

他们坐在公路的排水沟里,靠在倾斜的沟沿上,从马路上只能看见五颜六色的帽子,但是从弧度上能够看出那些毛线下面还套着脑袋,但已经被冻僵在各自的梦中。柏油路上躺着两个人,横竖地摞在一起,仿佛他们在生命的最后一刻还想要祈祷,但是却没有十字架,于是就用身体搭了一个。这些人坐在马路边上,靠着房子的墙,一个的头搭在另一个的肩膀上,就像要睡觉,宁静,柔软,雪白。这些人躺在紧闭的房门前,敞开的房门里,躺在擦脚垫上、门槛上,躺在被曾经川流不息的车辆挤得只剩窄窄一条的人行道上,躺在肉铺被砸碎的空荡荡的橱窗前。他们靠在乡村公墓的围墙上,他们躺在围墙的里面,在腐烂的木头盒子里,压在沉重的石头下面,石头上刻着数字,很快就不会再有人知道那些数字的含义。他们躺在村子四周的草地上,山谷里,被树林覆盖的山坡上,以及山坡上方的岩石上,从远古起,他们就在这个地方生长、枯萎、腐朽,被风带到这个国家的各个地方,带到邻近的国家,带到整个地球。他们在树里,在草里,在雪里,在这一刻开始朝雪地上滴落的水里。

45

我们肩并肩站在林间小径的边上，冲着灌木丛撒尿。

等到这一切结束之后，我要给那些饭馆酒店设计一种女用的站立式小便槽，那可就发大财了，格鲁伯说。

我说：这种东西不是已经有了吗？

不知道。反正我经过的那些女厕所门口永远排着大队，比如看完电影后。

我曾经见过一个女的在男厕所的小便槽里撒尿，德吕加斯基说。

她把脊背靠在墙上，朝前弯下腰，然后掀起裙子。

那些男人做了什么？

继续撒尿。

我们继续撒尿。

德吕加斯基说：等这一切结束，我要设计一种电视节目，让它看上去好像博彩类的游戏，但实际上是一个社会学实验。

什么？

我感兴趣的问题是：地址对人来说有多重要？通信地址。对于大多数人来说，是住在一栋漂亮的房子里重要，还是住在一条有美丽名字的街上重要？

什么？

我们会赠送房屋，崭新的漂亮房屋，无条件赠送。房子所在的住宅区在一条名字要多难听有多难听的路上。蠢货街，屁眼林荫道，娈童路。这个住宅区就是冲着这个建的。

然后呢？

然后每次选两个挑战者。房子越好,街名越差。先按下自己台子上红色按钮的人将得到一栋房子。

那另外一个呢?

得到另外一栋房子。

那比的是什么?

速度要快,否则就会得到其中更糟糕的那个街道名。

但房子却更好。

没错,要比较的就是对奢侈的需求和对社会承认的需求。能让人产生痛苦感的承受界限因人而异,观察这个会很有趣。

无聊。

说真的:如果有人送你一套房子,在痔疮路2A号,你会要吗?

当然,我说,然后卖掉。

谁会买呢?

某个中国的膳宿基金,高尔达总是说,这些人什么都买。曾经说。

嗯,可能吧。

我旁边的格鲁伯均匀地打着尿颤,朝前弯腰,系上皮带,直起身子。

这恐怕是咱们目前处境中最好的一点。

什么?

不动产市场将在几十年中都不会有过热的危险。

46

一座正在燃烧的村庄其实不是什么复杂的东西。村庄由房屋组成,房屋部分地由可燃物组成,包括木头、纺织物、聚乙烯、棉花、层压纸板、纸、皮革、橡胶、麻、酒精、蛋白、角质、毛发。还有骨头，有的时候。燃烧的村庄在某些时期是很正常的，就像燃烧的城市一样。但是在这里，在今天，我们在下面所看到的一切却与我们已经见惯了的那些画面那么不同，以至于我们根本不知道该做何反应。如果看到的是一栋正在燃烧的房屋，没准我们能更快地使用我们的语言，使用我们的手和脚，肯定会那样的，一栋正在燃烧的房屋是完全另一回事。两栋正在燃烧的房屋呢？也行，如果它们之间离得不是那么远的话。但这里正在燃烧的远不止两栋房屋，而是整个村子，全部，它在那里，在山谷里，挨着山间的通道，八百米长，三百米宽，五十到八十栋房子，曾经的农庄、客栈、行政机关、邮局、火车站、冰雪运动用品商店、花店，给来度假的那些让人讨厌的荷兰人或德国人准备的度假屋。每一个房顶上似乎都升起一根烟柱，它们在低空汇合成一朵巨大的，绕着好多根倾斜的轴旋转着的云，这朵云非常浓密，看上去就像是布做成的一样。

德吕加斯基点上一根烟。非得抽吗？高尔达问，我不知道是不是因为他反感那些烟，我们可是在户外，或者他是因为山谷里的那些浓烟才觉得这样做不合适。那些浓烟瞬间升腾，很快就升到我们眼睛的高度，让我们逐渐明白当一座村庄里的每一栋房屋都在燃烧意味着什么：那里有人正在死去。

等回过神来，我们迅速倒掉了凉咖啡。我们把咖啡直接从阳台栏杆上倒到雪地里，我看着那些棕色的污渍，心里想到了血。然后，我们走进屋里，用德吕加斯基的纸巾把杯子擦干净，然后把杯子放回柜子里。我们急急匆匆，被一种没有说出口的、不符合逻辑的愿望催促着。现在可是下面在着火,并不是这里,我们为什么要急着离开这里到下面去?高尔达留在外面观察着村庄,看着它静静地燃烧。烟越来越浓,形状越来越奇怪,越来越没法让人装作看不见。德吕加斯基站到高尔达的身边,高尔达说,能给我一根吗,我也要,我也要,我也要。现在我们都抽起了烟,这几乎和我们看到的下面村庄里的景象一样不可思议,但又似乎很重要,因为我们现在得先让自己站稳,要能看,能想,能等,直到有能力做决定,决定要做什么。在这个瞬间能找到点事做很好。格鲁伯和福斯特忍不住咳嗽了起来。

咱们先下山去车跟前,然后再看。
好。

雾气降下来罩在树上,雾是从山顶上的云而来,起先,我们看到它在头顶的山坡上,等下山的时候,它就已经裹住了我们。我们走得很慢,下山对膝盖不好,对精神品质也不好。上山的时候,每一步都是克服地球引力后的一个小小的胜利,而下山则是一连串的失败,败给孤独,败给对舒适的追求,败给记录日程的记事本。我们排成一排走,速度显然比三天前上山的时候要慢,走在前面的人并不是为了领路,或是为了走在别人前面,而是因为所有其他人都想走在他后面。走在前面的那个人速度越来越慢,偷偷地,因为他希望能有人超过自己,又不想让别人有所察觉。所有其他人的速度也跟着越来越慢。

我们朝山谷走去。雪化了。有时,我们会停下来,仔细听那些声音,它们在说,别下去,回山上去,爬得高高的,藏起来,枪声,尖叫声,抢劫,强奸,杀人。然后我们又边在脑子里笑话自己的这种想象,边继续穿过泥泞的雪地。一座村庄在燃烧,如此而已。这可能是一系列连锁反应式的不幸事件。两个彼此有仇的纵火犯,在深夜的同一时间去点着了对方位于村子另一端的房子,然后是不利的风向,四面八方地吹。这也可能是因为火车的一条触线掉下来了,高压电线,电话线,ISDN,玻璃纤维,里面流淌着某种物质的某种东西,交叉点,一个爆炸了的小变压器房,每栋房子里的每一个插座都迸出了火花。也可能是拉姆施泰因空军基地的一架美国轰炸机错扔了一颗燃烧弹,因为飞行员在这片白雪皑皑的土地上空迷失了方向。也可能是一队烧杀劫掠的蒂罗尔童子军,他们想要那些德国和荷兰滑雪度假者的血,你们为什么就来这么点人,就是你们把我们搞破产了,去吧,去死。

自己的胡思乱想越是荒唐就越能让人感到安慰。仔细想象一些永远不可能出现的情况,是让这些情况永远不出现的最好办法。到达交通要隘前的最后一个急转弯。我怎么会相信那个?

那辆汽车:灰烬和铁皮。

我们默默地掉转方向,默默地走回小屋,默默地闩好房门,遮住窗户。等我们围成半圆坐在炉子前的时候,福斯特是唯一一个勇敢地承认了自己的恐惧的人,他第一个说出了大家都在想的:

咱们现在怎么办?

咱们从山梁上翻过去,高尔达说。

山梁的那一边有什么?

或许有没烧毁的村庄。

47

我们离开森林,走进一个宽阔的山谷,山谷两侧是云遮雾绕的山,前面是雾气蒙蒙的森林,森林前面是雾气蒙蒙的草地,草地上是一些棱角分明的丑陋的工业建筑,或黑,或绿,或灰。很多窗户都被敲碎了,四处还有着过火的痕迹。山谷正中有一条公路,公路上:汽车。空空的静止的汽车,满眼都是,所有的车头都冲着山谷的出口,两条车道上,三列,看样子没有人认为会有车从对向开过来,它们一动不动地停在那儿,静静的,从左到右。我们盯着它们看了一会儿,然后自己也排进了队伍里。

我们沿着这条被人遗弃的拥堵的车龙朝它们行驶的方向走去。路面微微高出地面,笔直笔直的。假如雾不是这么大的话,一切看上去本来会是很美的,左边有一片草地,一个带刺的铁丝做成的围栏,一个厂房波浪形铁皮的外墙,右边是小溪,然后是草地,然后是森林。后面是马路是汽车。前面是马路是汽车。最前面,在不计其数的这些静止的移动工具的最前端,一样东西从雾气中显露出来:一个紧凑的、稠密的、乱糟糟的东西。一大堆。或者说是一座小山。我们走得更近。一座五颜六色的山。我们走得更近。一座五颜六色的铁皮山。我们走得更近。

我们旁边的那条长龙汇入了一堆乱糟糟纠缠在一起的汽车里,这些汽车静止在彼此的旁边、里面、上面。压扁的汽车,翻倒的汽车,擦在一起的汽车,楔在一起的汽车,保险杠插在挡泥板里,保险杠插在发动机罩里,保险杠插在司机那一侧挤出了坑的车门里,保险杠插在副驾驶那边被挤出了大坑的车门里,保险杠跟保险杠别在一起,插在洞开的后备厢盖里,擦在撞落的车门上,压在锈迹斑斑的车底盘下,排气管,伸向空中的车轮和裂缝,胭脂红、墨绿、丁香白或者金属黑,或是那些没有特别名称的比较便宜的颜色里的断裂和缝隙,肮脏的伤口告诉我们,即便是动力最好的运动型多用途车,说到底也不过就是一块用火驱动的铁而已。在这些之上的是安全玻璃的碎片,分布之均匀让人惊讶,就像尖利的、声音清脆的雪。

大脑里孩子气的希望,以为只要多看一会儿就能找到答案。我们走得更近。

看样子,环岛里是挤进去了越来越多的车。看样子,那些已经在环岛里的司机不想再开出来,或者已经开不出来,反正他们是没有再让更多的车进环岛,想进环岛的车越聚越多,从所有四个方向,偶尔还是会有一辆车挤进去,他们在环岛里越开越快,每次经过四个路口的其中一个时都会稍稍想一下有没有杀出重围的可能,但是从所有四个方向驶过来几百辆汽车,几千辆,从环岛一直延伸到天边,他们在等待,就像是堵车时那样,孩子的父亲们决定保持冷静,母亲们决定相信自己的丈夫能保持冷静,孩子们,他们清楚地觉察到了父母亲的紧张,同时也清楚地觉察到,这次的紧张不同他们以往曾经历过的任何紧张,所以他们决定相信父母的谎言:肯定马上就能离开的。

他们肯定等了很久,肯定一直等到自己极端恐惧,这种迫不得已的无所作为和对已经在环岛里的那些人的愤怒那样强烈,强烈到其他的什么他们都无所谓了。他们肯定一直等到发现反正其他的一切都无所谓,或是因为他们还能够进行逻辑思考,所以看出之所以没有人驶出环岛,是因为谁也不知道应该往哪儿开,因为每个方向都有人开过来,很多人开过来,因为他们受不了了,因为他们已经踩油门踩刹车这样踩了几个小时,踩油门踩刹车,踩油门踩刹车;因为他们一厘米一厘米爬一样地往前开了几个小时,眼睛一直盯着那个环岛,肯定可以从那儿去什么地方,他们踩油门踩刹车,等到了离环岛不远的地方,他们虽然看见自己左边和右边的马路上一样堵,但却看不见环岛后面的情况,那条马路,从环岛后面笔直地延伸下去,也许那儿能走,有可能;因为不管从四条通向环岛的马路中的哪一条上,都有一条离开环岛的马路是看不见的,毕竟一直有车在那儿转圈,假如真是完全走不了的话,那他们也应该要停下来啊,突然,他们前面的车动了,现在他们也动了,他们必须得马上从这儿出去,不管哪个方向,只要不是这里,不管什么地方,不管那个地方有些什么人,我们会跟他们达成妥协,只是能尽快离开这里,待在这里是没有未来的,这一点我们知道,在我们身后,一切都已经结束。然后,他们突然一起踩了油门。

那些人都上哪儿去了?德吕加斯基问。

48

晚上,我们坐在一个高尔夫球练习场柔软的沙地上。我们挖了一个坑,把手伸进拴在皮带上的塑料袋里,掏出碎纸片和细细的桦树枝,从棉衣兜里掏出小块的压缩板架子隔板,度假屋的瑞典火炉里切成细条的柴火,叠在一起的棋盘游戏"打破砂锅问到底"的盒子盖。我们把这些东西仔细地放进沙坑,堆成金字塔形,先是纸,然后是纸板,然后是树枝,然后是压缩板,然后是木头。格鲁伯划着一根火柴放到碎纸片跟前,那些纸片很快冒出了火苗,纸板先变成黑色,随后蓝光穿透纸板,然后又放射出黄色,格鲁伯小心翼翼地吹着气,沿着桦树枝形成了小火苗,就像串在项链上的圣诞树蜡烛,胶合板着得很快,柴火着得慢。等看到火着起来了,我们往后一靠,把脊背埋进很快就不再冰冷的沙墙里。

德吕加斯基说:假如能有几个答案就好了,不管什么时候。

那要看情况,我说。

你什么意思?

并不是所有的答案都是答案。

你什么意思?

有这么一个思维实验。想象一下,一个外星人降落在地球上,刚好碰上加利福尼亚春季大火。当地人都被疏散了,直升机往下喷水,各种存在都被毁灭,人们怀里抱着自己的宠物,站在消耗了他们毕生心力的作品前,眼里含着泪,肺里都是烟。消防队整连整连出动,男人们在对抗大火的战斗中牺牲,有人获得勋章。在森林中没有着火的那个部分里,一个人被发现在抽烟,结果私刑处死。州长穿着橄榄绿色的防风夹克给民众打气。美国有线电视新闻网上,科学家讲解风、湿度和气候变化的模型图,福克斯电视台上播的是风和湿度的模型图。但没有人能解释火为何一直不灭。

那个外星人呢?

他说:对不起,这个事情很清楚。火当然会着,因为你们的星球上全是氧气。

49

山谷里在着火,于是我们就朝山上走。拖着空荡荡的胃爬山很艰难,而且我们没有带水,因为那样会更艰难。我们喝融化的雪水。上小学的时候,曾有人告诉我们说这不健康,但我们已经不太记得为什么了,可能是因为那时还有酸雨和含铅汽油。现在我们只能喝这个了。我们用了三个小时才看见山梁,又用了一个小时才到山顶。我们站在山脊上,这上面的雪是细细的粉末,风狂暴地呼啸着,吹得人灰心丧气。我们并没有得到希望中的奖励,并没有开阔的视野,并没有看到一片完好的,没有被破坏过的土地,我们看到只是遮蔽在低垂云朵下的山谷。我们随即开始朝山下走,并不情愿,但我们已经累得没法站在山顶。不过我们走得很小心,坡很陡,尽管戴着帽子,风还是吹得眼睛疼耳朵疼,吹得我们心脏也疼,肺也疼,火辣辣的。我们下山,跌跌撞撞,摔倒,再爬起来,我们陷进山北面齐腰深的新鲜积雪里。我们在这里不可能坚持很久。有人指着缆车的杆子,继续往下走,它总会有到头的时候,然后,我们在大约五百米开外的地方看到了缆车的下行站。缆车停运了,尽管雪很好,但是自从我们看见了那个燃烧的村庄,这个空无一人的缆车站就已经不会让我们意外了。稍稍犹豫一下之后,高尔达从被清扫到一边的雪堆中捡起一个冰块,打破了门上的一块玻璃。我们从那个洞里钻进去,同时很小心地避开碎玻璃上的尖角。那个时候,高尔达还没有那么性急。缆车站里残余的一点温暖让我们很高兴,但随后,我们又因为那个破洞太大而感到恼火。格鲁伯把进门区的那张大地毯卷起来,跟高尔达一起把那卷地毯塞进破洞。这是个不怎么管用的临时解决办法,使我们更加清楚地认识到自己应付不了现在的处境。风从黑色的塑料香肠旁边呼啸着吹到我们的腿跟前,我们踩着一块宽大的、下面铺着厚橡胶垫的地毯,上楼来到全景餐厅,没有了雪鞋,这个被包裹得软绵绵的楼梯显得很夸张,就好像它是专为那些爱在楼梯上摔跤的人设计的,但我们还是很高兴,因为它同时也在告诉我们说,这里曾经有人在修建楼梯的时候为别人考虑过。我们一个接一个走进空荡荡的自助餐厅门口的转门,下意识地每个人从撂成一撂的托盘上拿下一个。这里有啤酒,不新鲜的三明治,腌黄瓜,那些黄瓜软沓沓的简直可以当水喝,但我们很高兴,因为我们渴了。炸馅饼是凉的,但看上去还是很诱人,可我们抵制住了它的诱惑。我们在窗边的一张桌旁坐下。雾气逼得那么近,让窗玻璃仿佛变成了软的。吃东西让人感觉很好,我们能够感觉到食物沉进胃里,尽管吃的东西都是冷的,但我们能够感到热量从胃里散开,能够感到身体又有了支撑运转的原料,一些可以供它燃烧的东西。然后,我们放下叉子,把白瓷碗里的黄瓜连汁一起喝了下去。

咱们现在去找暖气,德吕加斯基在很快就越来越长的寂静中说道,我们其他几个人满怀希望地点点头,很有教养地擦干净嘴,用手,不是用袖子,这是晚餐幻想的最后残余。我们站起身,开始走,我们几乎像是在大厅里闲逛,走在专为雪鞋设计的安全楼梯上时,大家心情很好,我们在入口处停下来,进来的时候,我们曾经看到过这扇门,没错,找到了,两扇,比普通的门大一些,漆成白色,可能只是压缩板的门,这很好,木头能弄开。高尔达的身体倚在其中一扇上,格鲁伯倚在另外一扇上,他们退开,然后撞上去,退得更远,撞得更使劲,肩膀撞疼了就用脚。我和福斯特回到餐厅去厨房里找。厨房不是特别干净,到处放着还装了半锅东西的饭锅,面条,满满一篮硬邦邦的面包圈,煤气关了,电也没有,当然了。这时,我们在厨房里都能听见高尔达和格鲁伯踹门的声音,我跟福斯特沿着太过柔软的台阶回到楼上的时候,胃里有种不舒服的感觉。我们到上面的时候,右边的门被撞开了,突然间,我们成了一伙无恶不作的抢劫犯,喘着粗气,漫无目的地在黑暗的走廊和楼梯上跌跌撞撞,一路向下,一直来到又一扇锁着的门前,这次是一扇铁门,无计可施,不行,什么办法也没有,我们的第一波进攻在第一个真正的障碍上撞得粉碎,那是多么可笑的障碍,我们用手捶,我们骂骂咧咧,我们大声喊叫,福斯特在哭泣。等我们冷静下来,垂头丧气地走回来时,没有找到锅炉的事实不知为什么倒让我感到一丝奇怪的欣慰。假如我们站在一个现代化滑雪场休息厅的一台价值五十万欧元的高效能取暖装置前,却冻得瑟瑟发抖,都已经年过三十,有建筑学和微生物学的大学学历,但却不知道怎么让那东西运转起来,那样不是更悲惨。

第二扇木门通向店老板的住处。除了当地常见的几件乡下家具和一台电视机外,屋里空空荡荡,没有衣服或者被子,连床垫他们都带走了。我们并不奢望会有随时可用的酒精炉或者点火器什么的,但以为没准能找到几块干燥的木柴或者至少有几张报纸,可最后我们只找到了一包有蓝白相间菱形花纹的餐巾纸。我们把这包纸放在厨房的石头地面上,把一个木头饭勺举在上面,先点着了一张餐巾纸,然后是第二张,然后是第三张,然后一次点着了四张,每一次都是短暂地高兴一下子,看着火苗从打火机蹿到纸上,看着火苗从容地变宽,但是却没有那么亮了。我们闻到了烟味,巴伐利亚的标志色慢慢地消失,可怜地蜷缩着离开它的躯壳,对我们却并没有一点作用。那勺子甚至都没有变黑。

后来,那包纸没了,打火机惊人地烫手,尽管我们觉得不会有什么用,但还是等它重新凉下来后,又把它靠近刷了漆的椅子、长凳和桌子,直到它又变得非常烫手,然后我们又等待,接着再试一遍,再等,再试,当然都是徒劳无果,尽管这都是木头,见鬼,没错,但这些木头是因为要用在旅馆饭店里,所以才由地区的防火机构交付使用的,在很久以前。

我们又坐回到那个曾让我们感到过愉快的最后一个地方:全景餐厅里我们坐过的那张桌子。我们收拾了桌子,福斯特甚至还擦了桌子。然后我们就等着。

太阳还没有下山,天就放晴了。更冷了。天黑了。天冷了。这是一种不太好描述的冷。在西方社会长大的人总认为自己拥有足够的个人经验,可以非常贴切地使用像冷或者受冻这样的概念。但事实并不是这样的。我们在空荡荡的滑雪场休息厅里过的第一夜对我们来说是全新的经历。空荡荡的餐厅。月光下观景窗的白色窗帘。窗帘的美。我们对它和它的美的痛恨,因为我们心中突然只剩下对死亡的恐惧。于是我们跳起了舞。五个男人在跳舞。我们在黑洞洞的餐厅里跳舞,看不见彼此的脸,我们惊讶地听着彼此的气喘吁吁,呼哧带喘,急促的呼气和小心翼翼的吸气之间是新鲜的空气,冷,太冷了。这一切之上的是对这个封闭空间里会有这种温度的不可思议。

我们一整夜都站着,不断把重心从麻木的脚挪到另一只脚上,我们互相蹭着,无边的困倦不算什么,跟重力一样,它也只是个自然的、没有什么意义的常数而已,是重力直接的、彻底的延续,一直深入我们的意识之中,谁要是现在倒下了,那就会永远地倒下,所以我们要站着。天亮后,事情变得容易了些。温度虽然一开始没有变化,但是能看见自己将要死在哪儿,这也让人感到欣慰。

但我们并没有死。我们一动不动地在观景窗前站了一会儿,看到天的确是亮了。然后我们就出发了。踩在雪地上的头几步听上去很不真实,踏破薄薄的冰冻层,下面的雪末被压紧,在闪闪发亮的山坡上铺展开来的小雪崩渐行渐远的窸窣声,每走一步都从头又来一次,费力地从白茫茫中抽出的脚,有时两只,有时五只,每只都带出一阵沙沙声。一丝风都没有。我们避免看彼此的脸,害怕证实自己心里的感觉,短时间内不会有比熟悉的背影更让人感到安慰的东西了,那个脊背会先于你走出现在的处境,缓慢的,腰弓着,没有把握的样子,但毕竟还是在动。我们顺着山地火车的箭头朝山下走。我们在巨大的辊道下面休息,仔细听着应该属于这个地方的声音,但是在静止的时候,钢索是不会唱歌的。

50

在山坡上的雪地里走。呼吸。在山坡上的雪地里走。呼吸。在山坡上走,呼吸,在雪地里走,呼吸。走,呼吸,走,呼吸,呼吸。想到脚打滑会是很糟糕的,呼吸。打滑,摔倒,呼吸,呼吸。觉得脚打滑是很糟糕的,呼吸。感到冷,呼吸,呼吸,呼吸。衣服和鞋上不管多小的开口里都进了雪,呼吸。脖子里是雪,手腕上是雪,耳朵和嘴里是雪,呼吸。想到永远也站不起来,呼吸。站起来。呼吸。呼吸。

51

我们越来越难用语言表述曾经使我们区别于彼此的那些身体上的特征,像性格或者个性之类的词在我们这个小团体里已经没有什么意义,讲话主要就是为了商讨每天必须做的那些事,谁取水,谁捡柴,谁生火,谁找到了死去的动物?这些问题的回答是我、你或者他,很少会出现像名字这样浪漫的词。除此之外的问题越来越少。我们成了分散在多个身体里的意志,除了我们每个人携带在自己身体里的那一部分意志外,已经没有地方装其他东西。

我们要活着。

52

天黑的时候,我们就努力放轻脚步。我们不太清楚是为什么。不管是天亮的时候,还是天黑的时候,我们都没有碰到过可能会听到我们的脚步声或对我们造成威胁的人。白天我们还能该怎么走就怎么走,因为我们能看到没什么事。晚上我们什么都看不见。但看不见并不意味着什么事都没有。于是我们穿过黑暗,双手向前伸开,努力不踩到有树枝的地方,树枝会发出噼啪声。我们不知道哪里有树枝。

我们能到现在都还保持着队形,或许是因为几十年来从一些频率类似、使用方法类似的词汇里生出的联系。妈妈,爸爸,上帝,希特勒,《高卢战记》,第二个二项式,进出口贸易差额和柠檬酸循环,关键看学上到了哪个阶段。直到开始接受职业教育,我们才逐渐远离了彼此,每个人都去向自己认为会有好运或者钱的地方。我们始终很确定自己能够随时掉头,倒下,只有那样,曾经的才更容易成为现在的:我们。

我们无所畏惧的人。

我们开怀大笑的人。

我们拥有全校最酷运动鞋的人。

我们坐在车里的人,在汉莎路,口交一次多少钱,如果其他四个人在旁边看?滚蛋。

我们糊里糊涂的人,从什么程度开始就叫酗酒,到什么程度为止就不叫庆祝,熬过的那些通宵,满满的一桶桶伏特加红牛,有白香肠的早餐,一人只有一根香肠,但却有四杯啤酒。

我们精明的人,有品位的人,高雅的人,用父母亲的年票去看斯梅塔纳或者穆索尔斯基音乐会的人,我们这些满脑子点子的人,煽情的告别单身派对,惊喜,拐带,化妆,跳伞,当然晚上还要在俱乐部里看个脱衣舞。

我们男人。

我们男孩。

我们小孩。

我们放学回家的人,周五,高谈阔论着班上女同学的眼睛头发和衣服,或者饶舌歌曲中的歌词,或者足球运动员,或者那些我们永远也不可能买得起的汽车,或者由父母出钱去上的驾校,或者说已经周五了,或者说我们将要去参加的聚会,待会儿,咱们八点钟见面。

沿着自行车道穿过田野的我们,在日落时分,在啤酒花园和青少年中心之间的某个地方。我们,越来越快地踩着脚蹬,我们排成一列,一个跟一个,钻进黑漆漆的树林,大睁的双眼里只有风。

我们,被我们的喊叫声稳妥地引导着。

53

一片林间空地上横七竖八放着几个红色、蓝色和黄色的远洋集装箱,跟地面接触的地方已经生了锈。这些集装箱都锁着。我的心跳加快了,这里可能会有些至关重要的东西。这些东西,在这个地方,装在里面的东西,我们,漫无目标,又冷又饿,身陷因为不了解因而说不太清的处境中,我们恐怕永远也不可能知道怎样就不好,非常不好,但这里的这个可能会是好的,能救命的,温暖的,柔软的,美好的。当然也可能是让人失望的,厌恶的,残忍的,可怕的,或者完全没有意义的。不管怎样,这里的这个可能会是点什么。

为什么没有人打开它们?

格鲁伯问,他问的时候没看见那个挂锁,我真希望那个锤子还在,甚至超过希望高尔达还在的愿望。

咱们需要一块石头。

于是我们去找。一块石头。在森林中间。在森林里你能找到木头,松针,有时还能找到一台旧冰箱,但是通常不会有石头。没有大到足以砸开一把锁的石头。

拿来。

格鲁伯看着我在一个树根底下找到的那块大概三厘米直径的卵石,他接过石头,用指尖拈着它,开始敲第一个集装箱的挂锁,汉堡南,他更像是在轻轻地抚摸那把锁,笃笃,听上去就像在叩响汉堡布兰肯内泽区某一位船主别墅上的黄铜门环。他停下来,石头握在拳头里。他紧紧握着这块石头,让石头从食指和中指之间露出一点,探出一点点头的卵石,通常它都被认为很坚硬。格鲁伯小心翼翼地敲,实际上他不是在敲,而是努力让握卵石的拳头在朝锁运动时只碰到锁,不碰到肉。第一次成功了。第二次也是。第三次的敲击更使劲,这才是真正敲了下去,这一次我们没听见石头撞上金属的声音,而是一声闷响,格鲁伯叫起来,跳开,揉着自己的手。

从森林那边传来嚓嚓声。喘粗气的声音,拖拽声,踩在树枝上的脚步,直到树枝折断,小树枝一下就断了,粗一点的树枝过一会儿才断,然后又是喘粗气的声音,拖拽声,噼噼啪啪的声音,薄金属片的回声。

来帮忙。

德吕加斯基把一台冰箱拖到了林间空地上。我们弯下腰,脊背噼啪作响,这个样子是抬不起东西来的,于是膝盖也噼啪作响,脏乎乎闪着白色微光的那一大块金属朝空地正中飘去,朝着集装箱,朝着那把锁。

那声巨响让人刻骨铭心,碎裂的声音长久地在集装箱里面回响,由我们制造的声音竟然先于我们进去,这显得很不公平,我们可是想进进不去。目前还进不去。还得再砸一次。再砸一次。再来一次。冰箱带着一声闷响掉在草地上,我们又把它重新抬起来,朝锁又砸一次,这次砸中了,不总是这样,接下来两次就没中,然后冰箱又掉了,我们跳到一边,把我们疲惫的脚带到安全的地方,膝盖噼啪响,我们把冰箱又抬起来,再撞一次,然后锁就断了。没人有勇气打开门,高尔达死了,福斯特被留下了,格鲁伯和德吕加斯基也茫然无措,于是我摘下那把锁,小心翼翼地去拉那扇铁门。门出人意料地好开,微弱的光线中出现一些白色的东西,很多白色的东西,白色的箱子,方块,闪着模糊的光,金属的,边角浑圆。冰箱。满满一集装箱。

后来着火了。必须得有火,如果只能像现在一样继续,除此别无他法,那就会有人点火,光,文明曾在那里产生又被破坏,我们本来应该跳舞,但狂喜跟平常一样只是在头脑中,只是一个词而已。

让火着起来并不容易,但我们看到了包装上的警告标志,所以没有马上放弃,后来压缩机里的冷凝剂帮了大忙。我们默默地等着爆炸,可能是因为我们在电视里见过类似的场面。我们不断改变站的位置,因为从聚氨酯隔热层和氯乙烯内涂层上腾起的烟总往我们的鼻孔里钻。没有爆炸。天黑后,我们看到敞开的集装箱里闪烁的火光映在四周的树木上,林间空地边上一个颤抖着的红黄色四方形,就像一扇门,通向一个好一些的,温暖一些的森林。

在灰蒙蒙的晨光中,德吕加斯基先是摇摇我的肩膀,然后摇格鲁伯的肩膀,然后我们站起身,跟我来,他说,我们走到集装箱跟前,那里面疲疲沓沓地冒着烟,然后,他脊背靠着车的侧壁,双手交叉,搭了个人梯,格鲁伯爬了上去,然后又把我拽了上去,然后,格鲁伯和我又一起把德吕加斯基拽了上去,没有比紧紧拉在一起的手更让人感觉美好的了。攀爬和拖拽让我们筋疲力尽,我们翻个身仰面躺着,深深地呼吸,看着头顶的天空,天空是灰色的,但是美极了,这也是因为我们能感觉到身体下面的钢铁。它还是热的。

54

然后。不断重复的再来一次,那古老的重头再来,睁开眼睛,吸进空气,局部点火启动大脑中最必要的,但暂时也是唯一能够使用的那个部分,感到自己属于某个物种,这个物种受到了诅咒,因而认为能够属于这个物种会让自己与众不同,起床是义务,必须活下去,想要活下去,必须想要活下去,害怕有一天会不能再活下去,迈出第一步,强大的重力,吐出废气,对个人存在毫无意义的认识就像盖住世界的药棉。每天不断惊叹各种东西的存在。

咱们走?
走。

55

天还早。天空清澈。我们看见空中有一条飞机飞过后留下的尾迹,在森林里就已经看见了,从遮天蔽日的枞树之间的空隙里。到了森林边缘,那空隙也变大了,我们加快步子,空隙越来越大,我们走出森林,就在那一刻,头顶的天空一览无余,天空的正中是一条白烟形成的划痕,划痕从尾部逐渐散开,我们面前出现了一片广阔的田野,整体盖在一片薄薄的雪面之下。

咱们在上面写字吧,德吕加斯基说。或许会有人过来,看到那些字。

没有人问那个人会做什么,那个可能会来的人,他会降落,会丢炸弹还是食物,或者他会派地面救援部队。这些我们都无所谓。我们很高兴能够制定计划做点什么,一个能够引起有目的行为的想法,让人能隐隐回想起意义这个词,我们会用到语言,或许是字母,能够写在雪里面的标志,用脚把白色的、松软的雪踩进棕色的,冻得硬邦邦的农田里,一步接一步,穿过田野的动作里产生了某种奇怪地隔离在我们动作之外的东西,单独的每一步并不意味着什么,我们每个人的一串步子也没有什么含义,只有我们的头脑中产生的,事先约定好的,根据我们一致的想象完成的身体动作符号才有机会获得某种意义,最后的舞蹈,我们留下的一条消息,给我们的拯救者,给后世,或者没有任何人给。

咱们写什么?救命?或者 Help?

这两个字都有点复杂。

而且,听到呼救后做出反应的也可能是不想伸出援手的人。

为什么?

唉,不管这里的一切是谁造成的,他都有可能会看到那个字,然后对咱们下手。

应该写一个只对那些心存善念的人有意义的符号。

一个十字架?

也行。

如果坐在飞机里的是异教徒怎么办?他们会为了一个十字架展开救援吗?

并不是所有的异教徒都是极端分子。

没错,但你想想看,假如你正在飞越一片已经彻底被毁了的土地,这时你看见下面有一轮弯月,你会帮助那些人吗?

为什么是一轮弯月?

十字架可是代表的博爱。

十字架是刑具。

好吧。

要么就弄个拇指,就像脸书上点赞用的那种。

你喜欢这片田地吗?

不是特别喜欢,但竖起拇指的意思不过是:嗨,我们很酷,我们没问题,可以跟我们交朋友,我们是值得认识的。

但是如果飞过去的人没看明白呢。

嗯……

我们又想了一会儿,想出一些句子,但这些句子如果要写到那片农田里去恐怕得好几个星期的时间,然后又想出一些符号,但这些符号恐怕没人会懂。最后,在我们就要开始质疑整件事是否可行的时候,我们决定做一个大大的和平标志。

为了让白色的表面尽量保持完整,我们分头行动,从三个不同的方向靠近那片田地,迈着大步,让步子在雪地上只留下一些零散的黑点,我们用这个方式确定了离农田边的最小距离。等准备好了,我们冲彼此招了招手。我们转向右边。我们走了起来,这一次是迈着坚实的碎步,我们要把最后一点残余的含义踩在这个星球上,我们要把消息留在这儿,滚你们的蛋吧,来呀,想杀我们就来呀,但是在此之前我们还有机会写点什么,希望能有人看见,来拯救我们,所以我们就给你们也给我们自己最美好的祝愿:和平。

进展很慢。我们用稍稍朝左弯曲的弧线每个人画了三分之一个圆,来到前面一个人出发的地方。格鲁伯是第一个到达终点的。然后是我。我们又等了几分钟德吕加斯基才到。

我不知道他是真慢这么多,还是他的那部分圆更大一些。我稍稍松开围巾,不知不觉中太阳现在已经升得很高了,之前我们一直是死盯着眼前那些要踏进泥土里的雪的。天终于暖和了。太阳。雪。这时德吕加斯基喊了起来,我们开始冲着这个圆的中心进发,朋友圈,我心里还在想,还有和平。还有太阳。还有雪。

我从头上摘下帽子塞进兜里。我很热。我发现自己踩进农田里的那些雪开始变薄、融化,德吕加斯基和格鲁伯离得大概还有五十米远,我继续走,朝着中点。等我们终于碰头的时候,每个人都很清楚,最多两个小时,我们和平行军的痕迹就会荡然无存。因为没人想说出来,于是我们就默默地看着太阳,直到我们每个人都很确定其他人也都明白了,久久地静静地看着太阳照在正化冻的田野上,照在一条留给后世的,正在开始消融的消息上,这只可能代表一点:你们也知道雪在太阳下会融化,是不是?

我们放弃了完成和平标志还缺的通向圆圈边缘的最后那条线,离开了那块地。马上要钻进下一个山丘上的森林时,我们又回头看了一眼。

要么是最好的,要么就什么都不是,格鲁伯说。

德吕加斯基皱起眉头,但是他显然不敢问格鲁伯是什么意思。我们下面是一个巨大的奔驰标志。

56

然后,我们就找不到吃的了,连续两天。于是我们吃树林里的野果,或是那些被我们几个城里孩子当成野果的东西。刚四月初,树林里还没长出什么,而且我们也不知道长的那些东西里哪些能吃。我们其实也不知道什么叫作能吃,因为很多东西都是可以放进嘴里去嚼去咽的。我们穿过树林,胃就像一个大洞,疼痛慢慢从这个洞里爬进来,从下慢慢向上爬,钻进脖子里,脑子里,眼睛里。所有你看到的东西都让你感到疼,但你还是要盯着看,因为你要仔细地看,你要知道这个东西是不是能放进嘴里嚼和咽,你发现自己在盯着新发现的东西看时越来越不挑剔,你当然曾经对什么东西可以进肚子有着非常具体的设想,知道你会让什么原料和什么组合进到自己的身体里,当然你以前也曾经想过自己是由那些被你允许进入身体的东西组成、修复、改变、适应的,所以不要吃太多奇怪的东西。

我们穿过森林,森林是我们唯一的、最后的朋友,我们的眼睛追逐着各种东西,德吕加斯基说得来一场大的政治运动,才能让这一切不会再次发生,人们得知道和平对他们意味着什么,还有欧洲,无伤大雅的寂寞等等,他一边大吼,一边对我视而不见,从我认识他以来,他是第一次大吼,他冲着我吼,他吼的是,你知道吗,你明白吗,同时对我视而不见,眼睛看的是我身后干枯茂密的灌木丛。

格鲁伯拽着一条树根说,你们知道吗,我是个正常的男人,我喜欢女人,我相信善的存在,所以我用一种保守的、礼貌的方式顺应着我对女人的兴趣。那条树根突然从他手中滑脱,他一下子坐在了烂泥里,掌心都是血,他说,如果你们必须做出选择的话,你们是更愿意操另外一个男人的后面,还是被另外一个男人操自己的后面?人总得要自己想办法,他说,这是符合人性的,假如咱们不做这个了,那会变成什么样,我可以帮你们,看,后面那儿有些阔叶树,阔叶树比针叶树好,叶子不扎人,用不用我给你们俩的谁带些树叶回来,那儿有树叶,又好又柔软的树叶,他说,但是那些树还没长树叶。

德吕加斯基盘腿坐在一棵杉树下揪一颗杉树果上的鳞片,每一片他都要非常仔细地观察一番,从各个角度,把那些鳞片对着光,然后扔到身后说,不,这个还没好,这个还不行,这个不对。

我走到旁边一点。我朝森林深处走去,我听见德吕加斯基在大叫,一个政治共同体,能够强大到维护和平的,不能让民族认同感兴风作浪,经济利益或许是非常原始的理由,但却是可行的,没有一种道德能够像银行存款或者肚皮那样强大,格鲁伯喊道,女性无法超越的优越性是因为空洞比例失调,空间无法测量,事物具有局限性,阴道永远都比阴茎大,然后他的口齿开始变得含混,我想,他这会儿可能正在用牙撕扯那条树根。我又走远了一些。我从树木旁边经过,经过时用手指摸着那些树,刚开始的几棵树摸得还很轻柔,然后就不一样了,不一样的不是我的速度,我的步频,这些都没有变,但我开始更使劲地把手指从那些树上划过,开始去抠它们,先是用手指,然后是指甲,我听见指甲划过树皮的声音,每过一棵树,那声音都更响,手指的紧张感也更强,还有胳膊,肩膀也一样,我的指甲越来越狠地插进树皮里,同时我在继续走,因为我知道这些对我来说没有用,但树皮嵌进了我的指甲缝。我的手想抓住这些树皮,因为它在那儿,它存在,它在,它是个东西,而我现在急需给身体里装点东西,我继续走,然后,右手无名指的指甲断了,那只是一个指甲而已,但它让我无比愤怒和伤心,我踉踉跄跄,然后哭起来,泪水流过我的脸颊,我为自己断了的那根指甲而哭泣,然后,我倒在柔软的、发霉的针树叶上,先是膝盖重重着地,然后是手,然后是身体的其余部分,我的脸慢慢垂向树林中冰冷、潮湿、发霉的实实在在的地面。我的嘴大张着,地面越来越近,越来越近,越来越近,针叶在我的嘴里动来动去,针叶里面还有什么东西在动来动去,我心想,可能是蚂蚁,然后就睡着了。

57

我醒来的时候,又在下雨。我们坐成一圈。我们吃东西。我们吃的是杉树的针叶。我们吃树芽。我们吃树皮。我们吃树根。当然只吃很少量的,我们不想让自己的身体太辛苦。一个小时后,我和格鲁伯拉肚子了,德吕加斯基吐了。我们不知道谁的状况更好一些。我们躺在树林中,确认自己还活着,然后不知如何挣扎着爬了起来。我们扶着树干,互相扶着,从树木边摇摇晃晃地走过。我们想要从这没完没了的昏暗中,从这绿色,还有这灰色中走出去。后来,树变少了,没那么密了,没那么高了,森林的边上是一片田野,雨不再无边无际。

春天来了,格鲁伯说。

最后一些白斑正从我们面前的平原上慢慢消失,在一片空荡荡的、灰色的天空下,如果不是这雨,人根本感觉不到温度已经是零上了。我们辨认出石头,草地,农田,树桩,残垣断壁。我们看着世界那淡然的、毫无装饰的模样。我们走进外面的雨中,淋湿身体让我们短暂地清醒了过来,我们觉得自己活过来些,虽然淋湿后我们会在接下来的这个夜里离冻死更近一步,但我们还是走进了雨中,走到开阔的田野上,两片荒田之间的边界线上长着一棵老椴树。我们想朝那里走。农田吸满了水分,烂泥沉重地糊在脚上,让我们的脚看上去就像小孩儿的头,在下面的棕黑色里抬起又放下,我们额头上的头发一绺一绺,雨珠就从发绺上滚落,头发上都是油,雨珠顺着下巴和脖子滚落,直接落在后脖颈里和胸口上。休耕地之间的那棵椴树就像在发出邀请,我们想要过去,我们现在一定要到那里去,因为在下雨。尽管我们在森林里淋不到雨,尽管背后的森林比前面的那棵椴树离得近,我们还是继续朝田地里走去,朝椴树走去,走向潮湿的、灰色的光。

后来,我们到了树跟前,躺在那棵树细小的嫩叶下,淋的雨不再那么多,然后天就又黑了,我们穿越田地竟用了那么长的时间,不过这也可能是因为云,这都无所谓,我们躺下来,知道假如明天早上还能起得来的话,那么我们将会起得很早,因为我们总是起得很早,因为在这种情况下就应该早起,空无一人的或者被烧成灰烬的村庄,或者尸体,正在腐烂的人,雾,焦炭,死亡。我们感觉如果是在为生存斗争的话,那就应该早起,所以我们明天也会早起,但如果醒着,那我们就会失望地发现自己能为生存所做的事情其实非常少,我们将发现自己是存在的,但也就如此而已。我们将无事可做。如果有木头,我们可以生火,如果没有就不生。然后我们两只脚换着跳来跳去给自己取暖,屈膝,小心翼翼地转动僵硬的腰。我们早就没有力气做俯卧撑了。

58

我还没睡着的时候,看着头顶上椴树新生的嫩绿色新叶,那绿色与树枝和树干的棕色融为一体,还有从这一切之上流过的那薄薄的一层水,这一切又与灰色的天空融为了一体,世界一片混沌,不但罩住了外在的一切,也罩住了我心里的词汇。

在半梦半醒之间,我看着格鲁伯。他的头端端地支着。他小心翼翼地抬脚,脚抬得有些过分高,他走的时候身体稍稍后倾,每迈一步都要等一等,就好像很惊讶于街道或者大洲的表面竟然没因此散开。

在半梦半醒之间,我看见几个星期之前的格鲁伯,他正站在仓库里,面前是一万五千条男式内裤,前面有开口,匝着双线,百分之三十的棉,百分之七十的聚酯纤维,整整齐齐地装在纸箱中,干干净净地摞在垫货板上。它们已经准备好了,每五条一包分装在实用的有易撕拉带的包装盒里,带透视窗,好让人能看见上面意大利式的图案和眼下正流行的红色和蓝色。格鲁伯的目光从供货单上扫过去,那上面写着大型卖场的地址,它们正等着这些内裤,他想到了那一万五千根即将被装进这些内裤中的阴茎,它们有时会从前面的开口里被取出来,然后又塞回去,他想到在这个过程中老老实实待着的那三万个被塑造成各种形状的睾丸,睾丸们舒舒服服地躺在聚酯纤维和棉的混合材料里。他从垫货板上望出去,脑子里想着每天由内裤里的那些睾丸制造的数十亿个精子,他想着可能由此产生的那几千个人,还有他们将要建造的那些房屋,将要开的那些车,将要爱的那些女人,还有这些人将要制造的计算机解决方案,日用品,原料证书,最受好评的东西和带开口的男士内裤,将来的某一天,也许。

格鲁伯在等物流的人。箱子已经装好,表格已经准备好,他已经喝了足够的咖啡,而其他人正在午休。他走回办公室,坐在电脑前,打开浏览器,在色情网站"红管"的搜索框里写上:面部。他不是想手淫,他觉得在工作的地方手淫有失身份,他已经不是小男孩儿了,而且这个公司还是他叔叔的,不,他没准连勃起都做不到。很快,他点了特拉·帕特里克对洛克·思弗雷迪和纳乔·维达尔,不是因为他想自慰,而是因为他喜欢看精液喷在美丽的脸上,或者喷进一张美丽的嘴里,喷在一根美丽的舌头上。从漂亮的阳具里喷出的美丽的精液。

电话响了。

美丽时尚,格鲁伯,您好?

显示屏上是游泳池边的三个赤裸的人。

没午休啊,格鲁伯先生?

缓冲条渐渐变满。

约茨贝先生!您在哪儿?

那三个人开始动起来。画面停顿了一下。

布伦塔尔立交。还得一会儿。

您知道这些货今天得送到彭茨贝格的麦德龙中心去吧?

画面又继续动了起来。

那我应该怎么办？

纳乔给了特拉一个耳光，他银色的手链在太阳下闪着光。

不知道？听交通台？

然后把巨大的阳具塞进了她的嘴里。

格鲁伯先生，抱歉，没想到会这样。

洛克从后面靠过来，他那玩意儿比纳乔的还粗，他把那玩意儿温柔地放在特拉的头顶上，屁股打着圈，就好像要给她的脑壳受精。她不为所动地继续吸着纳乔的，就好像已经几个星期没吃过东西了。她的大圆耳环前后摇晃着。

没想到。那现在呢？

嗯，您不是跟麦德龙流通部的人很熟嘛。

洛克把自己的阳具从特拉的头发里抽出来。

那又怎样？

洛克自己搓了一阵子，显然对跟头顶搞的那一把不太满意，这可以从他激昂的表情上猜出来。反正都是装的，一切。

我想，您或许能让他们今天多等一会儿。

洛克绕着特拉转了一圈，他站在纳乔身边。

您真这么想的？

他用这个时候已经又变得巨大的阴茎抽打着她的脸。

这个嘛。

这样直接站在一起比较，洛克旁边的纳乔就显得身材不够好。

好吧：您迟到了。您可能没法按时间过来。我的公司可能因此向您索要赔偿。为了避免这一点，就让我给彭茨贝格那边打电话？

洛克也不是一般人。

如果我们今天无法供货,那就是您无法供货。麦德龙才不管是不是承运商的错误。

特拉几乎把它放不进嘴里去。

您是想威胁我吗?

但好像还是可以。纳乔往她的脸颊上又抹了些黏液,但他似乎也意识到自己在这儿是多余的。

格鲁伯先生,咱们合作多久了?

哦,特拉,你这个宽容的人。

行了,我已经感动得要掉眼泪了。那您为什么不自己打电话?

特拉,你这个美人。

您真想知道吗?

特拉,你又大又黑的眼睛。

当然。

特拉,你长长的黑发。

如果我给彭茨贝格那儿打电话,然后说我是约茨贝,您觉得他们会作何反应?

哦。

格鲁伯按了一下暂停。

抱歉,我忘了这点。

这还是已经合作了十五年的。

我真的很抱歉。

没关系。

好,咱们能搞定的。我给那帮麦德龙纳粹打电话,您就想法完好地到这儿来。

完好?

健康地!

谢谢啦,格鲁伯先生。
没问题。咱们能搞定的。咱们不一直都搞得定嘛。
待会儿见。
半梦半醒之间,我看见格鲁伯又按了播放。

59

但后来,我们还是很晚才醒,或许是因为我们已经饿得奄奄一息。或许是因为前面几天走过的那些漫长平缓的上坡,那些让人几乎看不出来是上坡的路,所以我们走的速度就超过了自己的能力范围,我们的疲劳也超过了应该有的程度,因为我们心里想着坡不陡,所以就不休息。直到后来把胆汁都吐了出来,因为胃里面已经没有其他东西可吐。

我们把椴树和农田抛在身后,在另外一边重新钻进了树林中。这是一片浓密阴暗的树林,潮湿,泥泞,路很难走,等我们在一片绿色间突然碰上一条空荡荡的高速公路时,着实吃了一惊。我们顺着高速公路朝北走去,重新走在柏油路上的感觉真好,几个小时后,我们看到了几栋房屋,前面有一大片空地,后面挑出一个平屋顶,屋顶下面什么都没有,只有几个玻璃和金属的盒子,整齐地排成一列,每一列旁边都有一条车辙。

格鲁伯说:那里,边界。
德吕加斯基说:有点什么不对。

我想象着,假如在我们之后有人要重建这个世界,那将是个沉默的世界,人们将用眼神交流,用小心翼翼的动作和温柔的触摸,他们将只在大笑或者叹气的时候才使用自己的声带。人们将用手去指他们想到的那些东西,所有那些因为不在眼前或者因为是抽象的而无法用手指的东西,这些东西人们也就不会去想。就这样沉默着,日复一日,年复一年,直到最后一点残余的与此相关的记忆也褪去了颜色,关于古老习俗的记忆,关于如何用舌头和嘴巴将从人身体里发出的声音改变形状,切分,对相似之处进行研究、分类,继续切分,分成越来越小的部分,将号称可能是最小单位对应物的记录在石头、硅或者纸上,所有关于这项技能的知识都将永远消失,渐渐地,不可逆转地,就像从肺里呼出的废气,跟它一起消失的是这个充满了没有躯壳的各种话语的可怕世界,这个陌生的,透明的世界,语言,一个满是幽灵的海洋。

再没有人能够说人民这个词,或者你,或者我,或者爱,或者很可惜我已经感觉不到爱,或者税收公正,或者我们在飞往法兰克福的波音737客机上向您问好,或者申根已经成立二十多年了,他们为什么还没有拆掉德奥之间的边境设施,或者确保万无一失,或者如果出现意想不到的情况,那么这些设施可以迅速地重新投入使用,或者大家怎么看这个,或者等一等,或者那儿出什么事了,或者用汽车和垃圾组成的路障上燃烧的车轮,或者支离破碎的北约边界线,或者身着制服、没有证章的死亡士兵,或者正中间的通道,是履带式推土机从垃圾和人群正中间推出来的,或者为什么推土机在另外一边侧翻了,或者那么宽的东西怎么会翻,或者它旁边柏油路上的那个凹穴,或者它断裂的履带,或者我们以最快的速度尽快离开,不然还能怎么办,我们想离开这儿,但不是掉头回去,那我们现在就得从那儿穿过去,我们现在就得从那儿穿过去,朋友们,或者其中一个人总是比别人走得更快些,或者不是我和德吕加斯基,或者我不知怎的有种不好的感觉,或者当然就在这个时候闪过一道黄色的光,或者声音,一种自然的声音,或者风,一场毫无预警就扑向大地,然后又踩上几脚的风暴,或者血,空空的皮囊,内脏和粉碎的骨头,或者牙齿,一个朋友的牙齿,突然从外面插进了自己的脸颊,或者格鲁伯,或者反车辆地雷和反人员地雷之间的区别到底是什么?

经过几代之后,人类就能够作为一些享有平等地位的分子堆跟其他分子堆生活在一起,东西中的东西,他们很快就会成为长眼睛的树,或者长着头发、行动迟缓的柔软的石头。

我又躺了一会儿,感觉我的耳朵就像是自己闭合上了,闭得严严的,每个耳朵里面都关了一只活马蜂。我先是推迟了睁开眼睛的动作。潮湿的柏油马路的气味。小石头嵌在我的额头里。

德吕加斯基,我喊道,但我什么也听不到,只有马蜂的声音,我虽然能很确切地感觉到自己嘴巴的运动,而这些运动对我来说应该是属于他的名字的,一直就是属于他的名字的,但我又不太确定自己在说的是什么,我是不是真的说了什么。我睁开眼睛。眼睛好像还能工作。我小心翼翼地抬起头。我把头转向左边。我看见了柏油路的碎块,衣服的碎片,是格鲁伯的。我看见了德吕加斯基,他还在那儿。他侧身躺着,所以我能够看得见他的脸,我看见他的嘴在动。我不知道他在说什么。

60

两个人一起走路跟好几个人一起走路不一样。另外那个人的位置很明确,自己的位置也因此很明确,再没有别的人,没有关于不同的人,需要不同对待的个体的幻象,只有那一个,另外那个非我。只剩下你。

你还记得咱们在格鲁伯爸爸的地下室里找到气枪,然后用它把走廊里的鸡蛋打碎的事吗?咱们给大家挨个打电话,然后大家都来了,咱们射击,又射击,非常激动,那把枪的枪托是樱桃木的,上了油的枪管在卤汽灯的灯光下闪闪发亮。

然后,鸡蛋打完了,但是还有很多子弹,于是咱们就上了福斯特那辆旧马自达,他刚拿到驾照,那时天已经黑了,你喊着,上车吧,宝贝,咱们开车,后座上三个人,一把枪,前面坐的是高尔达和福斯特,咱们听的是 NWA① 的那首"靠近危险",还跟着乐音吹口哨。

咱们转过一个十字路口,往出城方向又开了一段,为的是不引起怀疑,然后咱们上了 B304,方向正确,咱们几乎是循规蹈矩地开出六十一迈的速度,路上几乎没有车,因为还在周中,暑假,然后,上巴伐利亚地区园艺展览的会场终于出现在视线中,咱们看见帐篷,联合收割机和拖拉机,寂静无声,空无一人,一切都被高大的建筑围栏保护着,咱们越来越近,然后,

---

① NWA,美国饶舌组合。

咱们又给那个巨大的可充气的大象——咱们一直不明白地区园艺展览会上要这个东西干什么——双眼中间甩过去一个空竹。

也没准不是双眼中间，可能是耳朵后面或者肚子里，但咱们肯定打中了，因为它大极了，而且咱们也不蠢，福斯特和高尔达非常清楚地听到了打中的声音，我也听到了。

那个蠢货就那么立着，而咱们却得回去了，因为情势太紧张，不能再游车河，据说有保安，于是咱们就开回了家，停好车，取了自行车，然后又回去了一趟，带着格鲁伯的军刀，只有你和我，其他人没有兴趣了，他们想随便找个恐怖片看，但是咱们俩又去了一趟，就为了给那个蠢牲口致命的一击。

它只是发出尖锐刺耳的声音，咱们把自行车藏在灌木丛后面，翻过建筑围栏，从一个帐篷的阴影里到另一个帐篷的阴影里，偷偷潜进，就像特种部队，在坎大哈。它只是发出尖锐刺耳的声音，咱们觉得可能并没有保安，要保安有什么用，它只是发出尖锐刺耳的声音，咱们把刀刺进那个东西里面，一下，两下，三下，刺第一下的时候，你忘记把皮套取下来，结果什么也没发生，但是现在也还是没发生什么，它发出短促的尖锐刺耳的声音，然后就又只能听见巨大的压缩机发出的嗡嗡声，它在维持大象的气压，充进去的气要比从咱们能弄出来的那些窟窿里漏掉的多，于是咱们骑车回了家，再也没有提过这件事。其他人也很聪明地没有再问过咱们。

是的，我还记得。

61

我们朝一座山跑去,那座山上有个洞。有人在我们正前方的地方炸开了山岩。那个洞是圆的,用石头镶了边。进洞走了几米后,外面被烂泥和溅起的碎石覆盖的马路又重归平滑,上面甚至还有一条间隔均匀的白色虚线,在紧挨入口的地方,然后它就消失在山体深处的黑暗中。那个入口有点博物馆的意思,对某种秩序的追忆,在那种秩序之内,人们想去什么地方就可以移动到那个地方去,实在不行还可以从石头里穿过去。我们从灰色的光,寒冷的风和一眼望不到头的地方走进这个管道后,一切都安静下来,一切都更清楚,更小。我们的脚步又有了声音,让脚和地面的每一次接触都能够清楚地相互区分开,不再是拖着步子走在小石子上的声音,不再是踩着烂泥的声音,不再是踏在雪地上的声音。我们走着,脚踩着坚实的地面,突然意识到我们穿着鞋还有衣服,走向黑暗中的时候,我们身体挺直,感觉自己是个文明人。

光线越微弱,我们的眼睛适应黑暗的速度也就越慢,等到我们的眼睛已经赶不上脚走路的速度,我们不约而同地停了下来。

如果不能继续走了怎么办?如果隧洞被掩埋了,我们穿不过去怎么办?
那我们就掉转头。

既没有反驳也没有更好的建议。于是我们又走起来,慢慢地,双手平平地举在身前,黑暗中一个可怜的小防波堤,脚迈得很小心,摸索着寻找稳固的地面,没准什么地方会有一块石头,一具尸体,一个洞。

我设想了所有从逻辑上推断可能会有的障碍物,按照出现在阿尔卑斯山前地带隧洞里的概率排列好,在社会崩溃之后:汽车,完好无损,被抛弃了,汽车,烧成焦炭,载重汽车,完好无损或者烧焦了的,军用车辆,运兵车,装着难民的大巴,一车车的食品,要运去被封锁地区,摩托车,自行车,步行的人,成百,成千,完好无损的,留在这里的,或者被烧成焦炭的。飞机,直升机,藏起来准备用于反攻时偷袭的,装着弹药和轻武器的仓库,周围有起保护作用的触发式自动射击装置,地雷,防坦克障碍,带刺的铁丝网,放着食物和化学品的储藏室,或是那些需要为了后世子孙保存下来的文化遗产,为逃跑的人提供保护的掩体,男人,女人,孩子,或者只有女人,给某个地区分裂武装安排的妓院,或者泰根湖巴伐利亚公国啤酒酿造坊最后一年的酒。

我们的脚步越来越快,我们这时已经不再朝前伸着胳膊。我们继续走,这里的空气是静止的,脚步声发出清晰悦耳的回声,地面始终牢固,我们眼前的世界一片漆黑。我们并不害怕它,但是后来,我们的脚步还是又慢了下来,也变少了,后来,我们俩中间只剩一个人还在走,很快就一个也没有了,之后就是完全的寂静。

我们听着彼此的呼吸,使劲看着我们正前方浓稠的黑暗,黑暗近得让我们的眼睛火辣辣地疼。我们看看四周,我们身后只剩下一点微弱的光,非常非常遥远,回想起我们当时踏入这个隧洞,那回忆显得非常脆弱,我们担心自己只要再往前迈一步,它就会消失。

咱们是不是最好往回走?
好。

我们掉转头。每朝那个入口兼出口靠近一米,我们都走得更快一些,也更有自信,我们熟悉这条路,我们有一个目标,这种感觉很好,当那灰色在我们眼前重新成为真正的灰色,距离只剩下两三百米的时候,我们拔腿跑了起来,我们跑啊跑啊,然后,我们终于又来到外面的风中,为知道自己在哪儿不在哪儿而感觉幸福,我们站在风中,看着烂泥,树木和天空,几分钟时间心里只有幸福,并且冷得发抖,幸福同时冷得发抖。

62

在往回走的路上,我们绕了个大圈,躲开了边界线。我们尽量留在树林里。在一个废弃的狩猎小屋里,我们找到了八个罐头装意大利饺子,还有一件橄榄绿色的雨衣。第一天,我们每走一千步就换一个人穿那件雨衣,结果到晚上,我们两个人都全身湿透,就好像从来没找到过这件雨衣。晚上,我们做出决定,从现在开始一天只换一次,每天早晨换,不管什么天气。我们俩抽签决定谁先穿。我赢了。

我们每天吃一个罐头。我们在石头上把罐头砸开,舔干净流到地上的汤汁,然后慢条斯理地轮换着一人吃一个饺子,直到全部吃完。德吕加斯基的外套口袋很大,每个兜里都能装下这样一个罐头,我的就不行,于是我放松皮带,把它们别在后腰上。没等吃完最后一个罐头,磨破的地方就已经不流水了。

咱们快到了,德吕加斯基说。
是的,我说。

我很高兴我们又回到了那个地方,我们待过的最后一个一切还正常的地方。也许我们就应该留在那里。也许我们就不应该朝山谷里看。

63

我们到小屋的时候,马上就看出这里有人来过。大门开着。我们肯定是把门关上了的,那个曾经到过这儿或者现在还在这儿并且没有关上门的人肯定不是我们中的某个,不是我们认识的人,因为我们了解格鲁伯的父亲,他不能容忍门敞开着。我们并没有放慢速度,我们的心脏也没有在现在登山之后的基础上跳得更快,我们继续朝小屋走去,尽管我们知道那里面现在可能有人,某个可能会杀死我们的人。我们只是绕了点路去了趟工具棚。

他在睡觉。我们站在旁边。我们看着他。他仰面躺着。我们看见他的胸腔一起一伏,他的脸转向了一边,埋在用右手紧握着的枕头里,我手里拿着一把铁锹,德吕加斯基拿着斧头。我们的呼吸变慢了,跟那个睡着的人呼吸的频率一样了,我们看着他。我们已经很久没有看见我们之外的其他人睡觉的样子了,或者呼吸,我心想,心脏是个多么奇妙的发明啊,每年跳三千六百万下,再乘以八十二点七,欧洲的平均数,完全不用人管,人唯一需要做的就是吃饭,喝水和呼吸。

他穿着跟我们类似的衣服,大约跟我们一样大。他跟我们有着类似的浅色皮肤,类似的头发颜色,看他躺着的样子大致能估摸出还有类似的身高。我们看不见他的眼睛。我琢磨着应该什么时候把铁锹放下,靠在床边,靠在墙上,德吕加斯基什么时候放下斧头,我们什么时候把工具放回工具棚里去,它们刚才就在那儿,那儿才是它们该待的地方。我看见那个男人在呼吸,他的呼吸比我的安静、缓慢、平和,他看上去满足而又幸福。我能感到手里那根冰冷光滑的木头,左手边铁锹板的重量。我不知道德吕加斯基是不是在等着我把铁锹放下,还是我在等着他把斧头放下,我只知道自己继续把铁锹握在手里。铁锹不沉,木棒很光滑,弧度完美,锈成棕色的铁板边缘上还留着铲掉通向下面街道的石头台阶上的冰时留下的银色划痕。那个男人的呼吸停止了。我把铁锹握得更紧。他睁开眼睛。我紧紧握着铁锹。他没有朝我们看,他看着枕头。德吕加斯基把身体的重量换到另一条腿上。然后,男人跳了起来。

我不知道假如他躺着不动的话,一切是不是会不一样。我不知道他是不是应该跟我们谈一谈,我不知道过去的什么改变会在现在引起什么改变,我对未来也一无所知。

他跳起来,冲下床,用肩膀猛地撞向德吕加斯基的肚子,把他撞翻了,假如德吕加斯基没有摔倒,没有半天站不起来的话,我也许不会去追他。我及时地抬起胳膊,没让头磕在被他撞上的木头门上,我又把门撞开,看见还在走廊那头的他,看见他冲进小屋前的一片白色中。我听见德吕加斯基的脚步声跟在我身后,脚步急促,急促到我也不由地加快了我的脚步,然后我们就已经来到了山坡上,看见男人在我们前面十米、二十米开外的地方斜着穿过雪地,艰难地往山上爬,每走两三步脚下就会打滑,摔倒,站起,我们也是。距离没有变化,我们能跑多快就跑多快,我想他也是,他跑不快,我们也是,我们还带着一把斧头和一把铁锹。我们靠近了。慢慢地,我觉得我们能够赶上他,这让我很吃惊,他只有一个人,我们可是两个人,我们互相妨碍,互相赶超,或许也正是因为这个,我们才更快一点,我能明显地感觉到距离在缩短,而我不知道这是好还是不好,我穿过泥泞的雪地往一个山坡上跑,追一个男人,我离这个人越来越近,我有什么理由要停下来?

等我们只落后三米的时候,他摔倒在雪地中,就在小溪边的那些小枞树前,这一次他没有再爬起来,我们没有停步,没有减速,我们继续往前跑,离他越来越近,然后,我第一次直接看到了他的脸,我心里还在琢磨能从一个人的眼睛里看出他哪一类的性格,这时我们的拳头就已经朝前落下,自然而然地,就好像是我们动作符合逻辑的延续,是追逐的延续,如此而已,并不是追逐什么特定的东西,当然除了追逐幸福,追逐改变,追逐跟现在不一样的某种生活之外,我们的拳头里握着武器,可以用来造房子的工具,造椅子桌子,好让人在上面吃饭或者创造一些普适的价值。握着工具的拳头落向他脸的中央,落向白色的脸颊,额头,落进突然裂开的窟窿里,那些窟窿先是跟大睁的眼睛连在一起,然后又相互连成一个黑色的深渊,在深渊的底部,那一片终结的灰色在等着,它将把我们所有人都连接在一起,直到这个也被分解,抬走,被苍蝇和蚂蚁,喂给它们的幼虫,被消化,又排出,大脑原来是这个样子的。

我很高兴德吕加斯基跟我打得一样使劲,次数一样多。我很高兴他现在没有说话。我们盯着自己的作品观察了一会儿,脑袋的残余部分上黑色的斑痕扩展得出人意料地快,我深吸了一口气,感觉到冰冷的空气,我脑子里面这时只有一个想法,很久以来的第一次:还是活着好。

不知道是一分钟之后,还是十分钟之后,我看见德吕加斯基跪下来,用左手把雪推到一边,把湿漉漉的雪糊直接堆在男人被敲碎的脑袋旁边,直到山坡上潮湿的,被压平了的草地显露出来,然后他用斧头朝那儿砍去,一下,两下,三下,四下。德吕加斯基在砍草地,我感到羞耻,因为我竟一下子没明白他为什么要这么干,他究竟要干什么,但后来我明白了,感谢上帝,我总算及时想明白了,才没有让自己在自己最后一个朋友面前出丑,我知道,他做的是唯一正确的那件事,是从我们看到燃烧着的村庄开始,或许也是我们至此的一生中做过的最正确的事,然后,我把铁锹插进德吕加斯基用斧头砍松了的泥土中,我举起第一锹土,小心翼翼地把它放在一边,那泥土,我们还要用。

等我们把最后一锹土撒在死者身上的时候,天已经快黑了。我们已经没有力气把土拍实。我们喘着粗气,相互扶着,同时小心不彼此抓着过长时间,以免超过我们目前筋疲力尽的状态下所能承受的限度。然后,我们又站了一会儿,各站各的,站在那块四周围着肮脏的雪的棕色四方形旁边。我们看着山谷。对面光秃秃的山顶还能看得很清楚。山下已经是深夜了。

64

我想象着德吕加斯基的样子,几个星期以前,想象他如何站在实验室里寻找治疗癌症的药。他白色的帽子和实验室眼镜的上方套着一个厚重的黑色耳机。

他的手掌在出汗①

他戴着橡胶手套的手里托着一个小盘,里面装着老鼠肿瘤薄如蝉翼的冷冻切片。

双膝发软,胳膊沉重

他稳稳地踩在自己的红色耐克经典款气垫运动篮球鞋上。

昨天,他在平卧推举的时候第一次推起了一百公斤。

毛衣上是呕吐的痕迹

他的白大褂上有甲醛留下的斑点,但用肉眼看不出来。

是妈妈的意大利面

他妈妈是这儿的头儿。实际上应该是他的父亲,这个实验室是他父亲的,但他晚上回家的时候,父亲根本不问他工作怎么样。他依然跟父母亲住在一起。他的母亲也在这儿工作,这时她正坐在离他直线距离二十米的地方,隔着防菌闸

---

① 本章楷体部分为美国说唱歌手埃米纳姆(Eminem)的歌 Lose Yourself 的歌词,原文为英文。

门,对着一个大显示屏。她一面检查项目计划,更新工作人员数据,心里可能还一面想着她儿子正在门里摆弄的那些昂贵的仪器,他,那个儿子,想的是:希望我这次能成功。

他紧张

所有不是或没有特别连接的测试成分全部洗掉,然后放到荧光显微镜下,他在旁边的玻璃柜上能看到自己,他看到他其实看不到自己,只有一个带帽子的白色防护服,口罩,实验室防护眼镜。

但他看上去很平静,已经准备好

扔炸弹

还有那个厚重的黑色耳机。

但他总是忘记自己写的歌词是什么

他脑子里一字不差地记着各个工作步骤的顺序,就算是被人从睡梦中叫醒,例如凌晨三点钟,他也能一字不差地背出各个工作步骤的顺序,幸好没有人会那样做,他还是单身,睡眠很好,这种单身的状态将来也会改变,等他从父母亲那里搬出来,再工作一段时间,攒钱,然后买套房子,然后开始。

人群的声音那么大

好好搞个迁居庆典。

他张开嘴

到时候肯定会有某个朋友的某个女朋友的某个女朋友,觉得像回到家了一样舒服,于是留下来过夜。

但却说不出话

就算喝了五杯伏特加汤力,他也能一字不差地背出各个工作步骤的顺序。

话噎在喉

就算喝了十杯伏特加汤力,他也能一字不差地背出各个工作步骤的顺序。

  大家现在都在笑话他

有的时候我们会问他，但他从来也不告诉我们。

  表走到头了

显示屏亮起来。

  时间到

图像合成已经完成。

  结束，砰！

操，又没成。

65

  我们两人之间的话越来越少。从独词句到闷闷不乐的嘟囔和漫不经心的比画，渐渐地，我们的目光不再有交流。我们都看着旁边说话。你旁边有个人，他也看见山谷那里什么都没有，他也从门边清理出一堆烂乎乎的东西，他也看到吐司面包上长满了毛，还有：他也很饿。他也曾经把这栋建筑中心的那个房间叫作客厅，把炉子叫炉子，柴火叫柴火，在还有柴火的时候，把椅子叫椅子，地板叫地板，把转角座椅上方那幅彩色画里心脏上有一把剑的女人叫作圣母玛利亚。只要还有人在你旁边，那一切就都还在它应该在的位置。

  后来，最后一片长满毛的吐司面包也被吃掉了。冰雪开始消融，山坡上绿色的斑痕在我们看去像假的一样，显得很不健康。完整的白还是更好看些。白色对于这样一个日子更合适。我们坐在客厅里，等待，坐着，然后，天黑了，我们继续等待，坐在黑暗中，等待一切结束。

雪或者不是雪。光或者不是光。躺着或者坐着或者站着，或者还是最好躺着，那样最好，既然除了站着和坐着没什么可做，除了雪没什么可看，或者那并不是雪，是光或者并不是光。

66

天蒙蒙亮的时候，又下起了雪。我看见德吕加斯基用手指紧紧扣住桌子边，然后他放开手，然后又抓住。他的眼睛闭着。我装作没有看到他。我躺在长凳上，眼睛也闭着，只是偶尔从眼皮中间的一条窄缝悄悄看看他。窗外，山坡上的墨绿色又慢慢变成了白色。德吕加斯基把另外一只手放在椅面上，使劲一抓，他的关节像窗台上的雪那样白，他撑着起来，慢慢伸出一条腿，下巴慢慢地沉向自己的胸口，上身朝前俯下，身体的重心移过骨盆，移过椅子边缘，移过膝盖，在他马上就要朝前摔倒，脸砸在地板上的时候，他的屁股抬了起来，他站起来了。他小心地伸开腿，慢慢地摇晃着走向配餐台，从刀架上拿出一把小刀。我知道那些小刀是特别锋利的，以前我曾经偶尔用它们中的一把削洋葱皮。在门口，德吕加斯基停下来，朝我看看。我能感觉到他的目光，尽管我的眼睛依然闭得只能看得见身体，闭得能看见物体和颜色，却看不见眼珠。德吕加斯基朝我看过来。过去这段时间他很少这样做。他一只手拿着那把小刀，另一只手搭在通向走廊的那扇门的把手上，斜斜地站着。德吕加斯基，总是站得很直的那个人，看他的裤子松松地套在腿上，夹克从肩膀上出溜下来的样子，不会有人想到他曾经是个胖子。我意识到他的眼睛周围有黑眼圈，那两个窟窿里的某个地方有我曾经熟悉的那些东西,如果那些东西还在的话,我是不会知道了,我看得不仔细,我的眼睛依然半闭着。当他把手从门把手上拿开,举起,非常隆重地,就好像要发表致辞,这时我睁开了眼睛,但德吕加斯基还没注意到这一点,就已经又改变了主意,他的手又落到门把手上,打开门,走了。

67

你还记得吗,那是清晨四点,在我家给你开告别会,客人们都走了,还留在那儿的人比客人多得多,我们在客厅里围着圈蹦,胳膊搭在旁边人的肩膀上,按着节拍朝我们中间的空气踢腿,就好像要消灭将我们分隔开的那些东西,就像一支获胜的足球队,这支足球队是自己队伍最大的也是唯一的球迷,我们跳着,踢着空气,音乐声很大,但我们根本不理会音乐,然后你说,现在我真得走了,然后我们打开那个圈,让你出来,你把我们一个接一个拉到自己跟前,我们互相拥抱,拍打着你的肩膀,保重,自己小心,好好玩,然后你走出了客厅,我们继续跳我们醉醺醺的足球运动员舞,然后你又回来,再次拥抱了每一个人,自己小心,一路平安,肯定会很有意思的,然后你再次走出客厅,我们继续跳舞,然后你又回来,我们再次互相拥抱,又一次拍打你的肩膀,保重,好好玩,然后你走了,并且又第三次回来,我们大家都笑破了肚皮,现在,赶紧去开始你那该死的环球之旅吧,你也笑了,然后,我只是看着你穿过走廊走向门边的背影,然后你就走了,六个月后,你健健康康地回家来,我们装作这一切都很平常的样子。你还记得吗,德吕加斯基?德吕加斯基。这个你还记得吗?

68

在山坡上的雪地里走,就算肚子饱饱的,没有关节炎,没有冻伤的脚趾,屁股上没有溃疡,那也已经很困难了。我从远处就已经看到了那一块圆形的红色,德吕加斯基脸朝地趴着,刀子在他摊开的手掌右边,左胳膊曲着。他头冲着山谷躺在那里。他这样做是为了让身体里的血更快地流出去。我在他身旁跪下,摸摸他的脖子。他已经没有什么热量了。我发现他是那么瘦。摊开手掌摸过他的脊背,我能感觉到突出的肩胛骨,脊柱,骨盆。我发现他的屁股已经不再肥大。

我看见德吕加斯基在走出屋子的时候肯定也看到了的景象,他知道那将是最后一次踏出房门,最后一次看到这个世界。灰色的天空。山谷。烧毁的村庄。对面的树木生长线,一条笔直的黑线,那下面的一切都是黑色的,上面则是消融在天空中的山峰。我看见德吕加斯基站在我前面,站在那儿,最后一次看了这一切,这个永远静止的世界,然后,他朝外面的草地走了几步,往山坡上,跪下来,用左手去摸脖子上的大动脉,然后把右手的刀插进去,静静地,全神贯注地,坚决地。然后,他放下刀子,慢慢朝前扑倒,随着他的身体倒下的是他对世界的认识,关于上和下,对与错,关于他周围那些事物的名称,所有这些都随着他一起朝山谷方向倒下去,从他脖子里汨汨流出的鲜血往山下流去,往下,朝着地球的中心。

我也会为你做同样的事情,我心里想着,右手拿起那把刀,左手把德吕加斯基的外套向上推。我们每个人都会为我们中的其他人做同样的事，把毛衣向上推的时候我心里想。就剩咱们俩了，我心里想，没有松腰带就把他的牛仔裤从已经瘦了很多的屁股上褪下去。你不过是快了一步而已，我心里想。刀刃按在冰冷的皮肤上，按进去很深，组织破裂，肉飞起，裹住了向下切的钢刃。鲜血流出。我的手小心翼翼地一上一下，标记出一个正方形。我把它取了出来。

69

如果有一天，清晨还是像往常一样开始，就算十一月也没关系，闹钟在六点半钟响起的时候，我会像圣彼得堡的芭蕾舞演员一样从床上一跃而起。我会在黑暗中笔直地站着，听闹钟有节奏的嘀嘀声，我会随着那声音活动我的头，先上下，然后左右，力度越来越大，我的眼里会流出幸福的泪水，流向不同的方向，流进清晨的黑暗中。

我会平躺在地板上，从嘎吱作响的木地板上一路爬向浴室，一丝不挂，我会希望能够扎到一片木刺，橡木，上过油，仿古的，让它告诉我，这一切真的都是真的。

我会装作例行公事的样子走进淋浴房，打开水龙头，大叫，就好像那水是冰冷的，但那水会变热，很热，但我还是会难以置信地大叫，不相信自己属于一个能够想出并制造出这种装置的物种。

我会决定三天都不离开淋浴房。

我的手指会变得皱皱巴巴。

我会在半个小时之后还是离开了淋浴房,我会把一条刚洗干净的,散发着柔顺剂清香的抹布放在冰冷的水下面,把它塞在自己嘴里,拿着一条巨大的毛巾走到客厅里,把它铺在手织粗绒地毯上,然后我会躺在上面,用地毯和毛巾把自己裹起来。

我会因为吸那条抹布时它发出的声音感到身心愉悦,我会享受从棉布里直接吸进嘴里的凉水。

我会回到浴室。

我会把保湿霜在手上搓开拍到脸上,先一个脸颊,然后另外一个脸颊。

我会以最快的速度跑进卧室,脑袋差点碰在门框上,我会撞碎镶着镜子的衣柜推拉门,然后随着那些碎片一起跌到装满柔软纺织物的坚硬的架子搁板上,然后跟那些搁板和衣服一起倒在地板上,我会像一条蛇一样盘在自己的衣服里面。

离开柜子时缠在我身上的那件将成为我最心爱的外出服。

我会离开家,等着太阳升起。

那将是晴朗的一天。

等到太阳升起,我将会吸进清冷、新鲜的空气,并且说:太阳。

然后我将会微笑。我会每天早晨都这样做。

用不了几年,人们将无法从外部确定究竟是太阳制造了这个词,还是这个词制造了太阳。

感　谢

感谢瑞士文化基金会(Pro Helvetia),伯尔尼市及(比安)比尔市对我创作的支持。

感谢尤利娅·韦伯,汉斯约克·希尔腾来普,希尔维奥·胡奥恩德尔,保尔·布罗多夫斯基,马莱亚斯·纳弗莱特,菲利普·马特斯,罗伯特·库穆斯塔,古特哈特·布吕恩特路普,还有我的好友们。

21世纪年度最佳外国小说书目
（2001—2016）

2001年：
1. 要短句，亲爱的 〔法〕彼埃蕾特·弗勒蒂奥 著
2. 雷曼先生 〔德〕斯文·雷根纳 著
3. 天空的皮肤 〔墨西哥〕埃莱娜·波尼亚托夫斯卡 著
4. 无望的逃离 〔俄罗斯〕尤·波里亚科夫 著
5. 饭店世界 〔英〕阿莉·史密斯 著
6. 凯恩河 〔美〕拉丽塔·塔德米 著

2002年：
7. 老谋深算 〔美〕安妮·普鲁克斯* 著
8. 间谍 〔英〕迈克尔·弗莱恩 著
9. 尘世的爱神 〔德〕汉斯-乌尔里希·特莱希尔 著
10. 幸福得如同上帝在法国 〔法〕马尔克·杜甘 著
11. 黑炸药先生 〔俄罗斯〕亚·普罗哈诺夫 著
12. 蜂王飞翔 〔阿根廷〕托马斯·埃洛伊 著

---

* 即安妮·普鲁。

2003 年：

13. 伊万的女儿，伊万的母亲 〔俄罗斯〕瓦·拉斯普京 著
14. 完美罪行之友 〔西班牙〕安德烈斯·特拉别略 著
15. 砖巷 〔英〕莫妮卡·阿里 著
16. 夜半撞车 〔法〕帕特里克·莫迪亚诺 著
17. 夜幕 〔德〕克里斯托夫·彼得斯 著
18. 灵魂之湾 〔美〕罗伯特·斯通 著

2004 年：

19. 深谷幽城 〔哥伦比亚〕阿瓦德·法西奥林塞 著
20. 美国佬 〔法〕弗朗兹-奥利维埃·吉斯贝尔 著
21. 台伯河边的爱情 〔德〕延·孔涅夫克 著
22. 巴拉圭消息 〔美〕莉莉·塔克 著
23. 守望灯塔 〔英〕詹妮特·温特森 著
24. 复杂的善意 〔加拿大〕米里亚姆·托尤斯 著
25. 您忠实的舒里克 〔俄罗斯〕柳·乌利茨卡娅 著

2005 年：

26. 亚瑟与乔治 〔英〕朱利安·巴恩斯 著
27. 基列家书 〔美〕玛里琳·鲁宾逊 著
28. 爱神草 〔俄罗斯〕米·希什金 著
29. 爱的怯懦 〔德〕威廉·格纳齐诺 著
30. 妖魔的狂笑 〔法〕皮埃尔·贝茹 著
31. 蓝色时刻 〔秘鲁〕阿隆索·奎托 著

2006 年：

32. 梅尔尼茨 〔瑞士〕查理斯·莱文斯基 著

33. 病魔 〔委内瑞拉〕阿尔贝托·巴雷拉 著
34. 希腊激情 〔智利〕罗伯托·安布埃罗 著
35. 萨尼卡 〔俄罗斯〕扎·普里列平 著
36. 乌拉尼亚 〔法〕勒克莱齐奥 著
37. 皇帝的孩子 〔美〕克莱尔·梅苏德 著

2008 年(本年起,以评选时间标志年度):
38. 太阳来的十秒钟 〔英〕拉塞尔·塞林·琼斯 著
39. 别了,那道风景 〔澳大利亚〕亚历克斯·米勒 著
40. 优美的安娜贝尔·李 寒彻颤栗早逝去 〔日〕大江健三郎 著
41. 大师之死 〔法〕皮埃尔-让·雷米 著
42. 午间女人 〔德〕尤莉娅·弗兰克 著
43. 情系撒哈拉 〔西班牙〕路易斯·莱安特 著
44. 曲终人散 〔美〕约书亚·弗里斯 著
45. 我脸上的秘密 〔爱尔兰〕凯伦·阿迪夫 著

2009 年:
46. 恋爱中的男人 〔德〕马丁·瓦尔泽 著
47. 卖梦人 〔巴西〕奥古斯托·库里 著
48. 秘密手稿 〔爱尔兰〕塞巴斯蒂安·巴里 著
49. 天扰 〔加拿大〕丽芙卡·戈臣 著
50. 悠悠岁月 〔法〕安妮·埃尔诺 著
51. 图书管理员 〔俄罗斯〕米哈伊尔·叶里扎罗夫 著

2010 年:
52. 转吧,这伟大的世界 〔美〕科伦·麦凯恩 著

53. 卡尔腾堡 〔德〕马塞尔·巴耶尔 著
54. 恋人 〔法〕让-马克·帕里西斯 著
55. 公无渡河 〔韩〕金薰 著
56. 逆风 〔西班牙〕安赫莱斯·卡索 著

2011 年:

57. 古泉酒馆 〔英〕理查德·弗朗西斯 著
58. 天使之城或弗洛伊德博士的外套
　　〔德〕克里斯塔·沃尔夫 著
59. 复活的艺术 〔智利〕埃尔南·里维拉·莱特列尔 著
60. 哪里传来找我的电话铃声 〔韩〕申京淑 著
61. 卡迪巴 〔法〕让-克里斯托夫·吕芬 著
62. 脑残 〔俄罗斯〕奥利加·斯拉夫尼科娃 著

2012 年:

63. 沙滩上的小脚印 〔法〕安娜-杜芬妮·朱利安 著
64. 阳光下的日子 〔德〕米夏埃尔·库普夫米勒 著
65. 唯愿你在此 〔英〕格雷厄姆·斯威夫特 著
66. 帝国之王 〔西班牙〕哈维尔·莫洛 著
67. 鬼火 〔美〕莉迪亚·米列特 著
68. 骗局的辉煌落幕 〔瑞典〕谢什婷·埃克曼 著
69. 暴风雪 〔俄罗斯〕弗拉基米尔·索罗金 著

2013 年:

70. 形影不离 〔意〕亚历山德罗·皮佩尔诺 著
71. 我们是姐妹 〔德〕安妮·格斯特许森 著

72. 聋儿 〔危地马拉〕罗德里格·雷耶·罗萨 著
73. 我的中尉 〔俄罗斯〕达尼伊尔·格拉宁 著
74. 边缘 〔法〕奥里维埃·亚当 著

2014 年：

75. 生命 〔德〕大卫·瓦格纳 著
76. 回到潘日鲁德 〔俄罗斯〕安德烈·沃洛斯 著
77. 潜 〔法〕克里斯托夫·奥诺-迪-比奥 著
78. 在岸边 〔西班牙〕拉法埃尔·奇尔贝斯 著
79. 麻木 〔罗马尼亚〕弗洛林·拉扎莱斯库 著
80. 回家 〔加拿大〕丹尼斯·博克 著

2015 年：

81. 骗子 〔西班牙〕哈维尔·塞尔卡斯 著
82. 星座号 〔法〕阿德里安·博斯克 著
83. "自由"工厂 〔俄罗斯〕克谢妮雅·卜克莎 著
84. 所有爱的开始 〔德〕尤迪特·海尔曼 著
85. 首相 A 〔日〕田中慎弥 著
86. 美丽的年轻女子 〔荷兰〕汤米·维尔林哈 著

2016 年：

87. 酷暑天 〔冰岛〕埃纳尔·茂尔·古德蒙德松 著
88. 祖列依哈睁开了眼睛 〔俄罗斯〕古泽尔·雅辛娜 著
89. 本来我们应该跳舞 〔德〕海因茨·海勒 著
90. 父亲岛 〔西班牙〕费尔南多·马里亚斯 著
91. 黑腚 〔尼日利亚〕A.伊各尼·巴雷特 著